時光
短路

點子出版
IDEA PUBLICATION

序

時光匆匆，《時光短路》也匆匆忙忙地寫完了。

這年是迎來了很多改變的一年。舊的悄然無聲地離開，新的排山倒海而來。年初裸辭後遇上很多突變和意外，打算工作假期的計劃告吹。無所適從，只好一口氣去了好幾個旅行。

躲開了香港，卻避不過二十四歲，誰叫時間堅定不移地一直往前，總要回來面對原本的生活。卸下旅人的光環，大多的人生都這樣尋常庸俗。

我不是攝影愛好者，近半年開始玩起菲林相機來。數碼相片的科技漸趨完美，就連手機的相機功能也完善得嚇我一跳。如果數碼相片旨在呈現主角完貌，那麼菲林相片則是賦予主角另一種面貌。

在我帶上背包旅行時，也謀殺了好幾卷菲林。手震、過曝、不夠光，好幾格都給我拍壞了。我和朋友分享相片時打趣說，只要聽著《沙龍》，再難看的菲林相片也會變得別樹一格。

在外的時間過得很快，每天起來不久在外面晃了晃，怎麼就天黑了。快得讓人懷疑異國是不是就是另一個異空間，他們認知的

時間和我們不同耶。回來後在香港的時間不難熬，只是過得很慢，我給自己藉口，說寫完這本書再找工作，結果壓力就落到這個故事身上。如果寫書是個單性繁殖的過程，每本書都是一個孩子，那麼它就是在怪獸家長催谷下，艱難而急促地成長的。

「時間」是個漂亮的題材，「失去」是這次想談的主題。事源是我有天不小心把手機掉進水裏（是真的不要笑）。我一直有把短訊紀錄悉數上傳至雲端，換新手機後卻因容量太大而無法回復。明明沒甚麼大不了，卻好像缺少了甚麼似的，好不踏實。感覺好像我們每天都會忘了一兩樁小事，最討厭的是又記不起忘了甚麼。故事就從這份輾轉忐忑的心情而來。

害怕失去其實是一種通病。小時候在線上遊戲買裝備，林林總總的裝備當中，有些是有時限的，像七天或三十天有效期之類。對著它們，就算再喜歡也不及討厭一直倒數、快將失去的感覺。明明三十天就夠我看上別個新的裝備再對它失去興趣。重點在於，它一直都在，然後我不去碰；和它消失了，而我不能去碰，是天大的不同。

長大就會發現，即使裝備時效永久，但玩家對遊戲的熱情並不

長久。需要時像發作厲害的毒癮，不需要時只是隨手可棄的贈品。結論是，所謂害怕失去，未必是對某物執著，而是對一切有可能會消失的事物戀戀不捨。

你未必喜歡它，只是不喜歡失去它。

這次故事有很多不同的角色（霞姨派盒飯都派到手疼了），每人都帶著自己的失去。有的比較顯而易見，有的藏得比較深。背負著各自的課題，無論是昂首闊步或是跟跟蹌蹌，我們都得以各自的步伐節奏克服或適應過來。

《時光短路》這個名字是和朋友一起想的。希望我沒有浪費到這份心思和題材。時光荏苒，就此趟短促的路途，謹祝諸位愉快。

理想很遠

時光旅路

目
CONTENTS
錄

27 —————— 24

對焦一刻

如果撿到自己署名的遺書，千萬別看。

是我從店裏那個年輕人口中聽來的。

接手相片沖印館數十個年頭，有甚麼光怪陸離的事沒聽說過。反正在照相機剛問世的十九世紀，不少老一輩認為相機會攝走人的魂魄，是不祥之物。在不祥之地聽到不祥之事也不為過。

「所以那封奇怪的信，你有拆開來看囉？」我在玻璃櫃前轉身問他，指的當然是遺書的事。

「有，當然看了。」他倚在殘舊掉漆的木椅，神態自若：「下款可是寫了我的名字，而且又是我的筆跡。換著是你，你能耐得住不看嗎？」

我說到了這個年紀，倒是希望能無風無浪地走完下半生。滿足好奇心這種事，也來得有點太奢侈。

安迪是個話非常多的青年，臉上有青春痘遺下的稚氣，殘舊的背包掛著巴斯光年掛飾，不慎踏到按鍵還會發出吱吱喳喳的滑稽音效。我沒過問他幾多歲，按樣子來猜也不過二十。他不時帶著菲林來沖印，每次拍的都是區內風景，也許是有著甚麼解不開的情意結。

他說賞我們這裏夠快，兩小時就能取相了。我不好意思說，其實只是因為平日也沒幾個人光顧，想忙碌也很難。

沖印館前身是影樓，父輩一代打理得非常好，但自父親死後生意就一落千丈，搬來這家小店後就只做沖印服務。

在數碼相機也幾近被淘汰的年代，還對菲林情有獨鐘的年輕人是個特別的例外。

我不想再談家業潦倒的問題，轉向問他信上的內容：「一封由自己署名的遺書，到底還寫了甚麼？」

他語氣淡然，彷彿不當這是甚麼一回事地對我說，信是這樣寫的：

> 如果有人在懷疑甚麼，
> 我想說這不是自殺。
> 只是這生過得很快樂，
> 就到世界的另一邊逛逛。

安迪　2050年12月23日

日期剛好是一個月後的今天。

「是有人冒認，再寄這樣的恐嚇信給你吧？」我說如果只是年輕人之間的玩笑，也未免玩得太過：「要不要拿著信去報警甚麼的，備個案也好。」

他搖頭，說信是莫名其妙地出現，也不知怎樣消失了。

「那天我睡得很晚，一醒來就看到桌上有張白紙。對摺的，剛好露出寫有名字的下款一角。」

他不虞有詐地打開，讀起來才嚇一跳：「我想是驚嚇太過，眼前畫面一片反白，周圍的桌椅好像都變成程式中只有『1』和『0』的編碼，很不真實。我馬上讓自己深呼吸、做掌上壓——不是為了冷靜下來甚麼的，我只是想確認自己還活著。但當呼吸調整好，目光慢慢回復正常，桌上的信也就不翼而飛了。」他特別向我強調，那肯定肯定不是一場夢。

「你壓力太大了。」我隨口和應，反正覺得那肯定就是很簡單的一場夢。像他這樣游手好閒每天抱著相機四處跑的年輕人，會有甚麼壓力可言。

「喂，老闆你說，」他故意一頓，語氣放慢得相當詭異：「我該不會是死——了——吧——？」

「要命，這種老掉牙的劇情我想想就起疙瘩。」我吃吃地笑，氣氛

一下子緩和了不少。只是說的時候，目光還離不開日曆寫的十二月。

「算了，」他隨意擺出一副安撫的語氣，敲敲腦門：「可能是系統更新的小毛病。」

「甚麼系統？」

「時刻銀行。」他指著太陽穴，另一邊廂在觀察我的表情：「不是吧，你沒聽過嗎？」

　　這玩意在推出時全城都瘋掉了，怎麼可能不知道。**時刻銀行**，其實即是將雲端科技應用到人腦之上的服務。最初只用於電子產品備份，現在已經可以接駁至腦部負責短暫儲存記憶的海馬體，只要使用遙控器就能選擇上傳儲存某些時刻。

　　日後只要在電腦登入，便可以影片形式提取重溫。就像以往很多科幻電影玩過的橋段，現在終於也走到現實世界，讓活得太真實的人能繼續重溫以往種種美好。

「慢著，你的意思是……」我連忙打斷他，又不太敢直截了當：「不會吧？」

「是的。」他搔搔頭，這個動作尤其得意洋洋：「沒開始多久，上

星期的事。」

「你哪來的錢呀？」時刻銀行問世時所費不菲，一直都是政要或達官貴人的玩意，即使開始普及化，現在開設一個帳戶就至少要花費十來萬。當然這只是基本配套，如果想要升級容量、加快上傳或下載速度等更要額外收費。

他好像想說些甚麼，又硬生生地吞回去。

對欲言又止的人我無意尋根究柢。誰都有秘密，都有難堪的時刻。父親是這樣教育學徒的。替客人沖印過無數相片的這些年來最能學會視而不見。即使看了，都要把他們的私密小心翼翼地放回信封，好好交到他們手上；即使看了，也絕對不要帶上滲有任何意思的眼神。

安迪會對時刻銀行的服務感興趣，其實不無道理。撇除技巧不說，攝影的奧義在於留住某些時刻，而時刻銀行就是一個可以上傳記憶，將每個珍貴時刻好好保存的地方。

將生命的時刻比喻成財富，隨意存款提款。死後還可以讓子孫後人分享你經歷過的重要時刻。

「我們不再需要經歷失去」，就是時刻銀行最大的賣點。

　　我頓時以一個陌生的角度看待安迪，雖然要成為用家都不過是動個小手術而已：「所以……我們現在談話，你也在『上傳』囉？」

　　「容量是很貴的，我才不會浪費在這些小事上。」這種回答顯得提問的我有點蠢。他直言説自己買的容量不多，只會用來記錄特別珍貴的時刻。

　　我點頭，很是明白他説的話：「就像拍菲林囉。」一筒菲林説貴不貴，隨便亂拍的話又會太心疼。

　　「那麼你們是怎樣上傳的？」我模仿他指著太陽穴，始終很難想像如何將虛空的記憶轉化成實在的影片。

　　他摺起衣袖，向我展示腕錶。智能手錶當道，連電子錶都落伍的時候，竟然有年輕人還在戴指針錶。

　　「你先看看這個。」他著我留意錶面，竟然只有一支指針，指向密密麻麻的刻度：「單指針，很酷吧。」

　　我收起驚訝的表情，不想他太洋洋得意：「特別是特別，但雙指針一時一分，不是更容易看嗎？」

　　他聳聳肩，語氣不屑地説兩支指針的話，好像在不停追逐：「我不喜歡趕時間。」

「還有，看時間我才不用它。」直至他告訴我這隻單指針腕錶就是登入時刻銀行的保險匙，我才驚歎這個世代的科技已經遠超我想像。他舉例說，有人會將保險匙嵌進耳筒或眼鏡，反正都是些容易隨身攜帶的小物品，方便即時上傳時刻。

「記憶是非常個人的事，連接戶口的保險匙個人化也很合理吧。」他志得意滿地說，像小孩帶著新玩具回學校炫耀一樣神氣。

經他約略示範如何上傳後，原來具體操作比想像中來得簡單。保險匙和用戶腦內的海馬體連結起來，按用戶需要便可提取記憶，直接上傳到帳戶。他按下「錄影」鍵，指針一端隨即出現一點紅光，示意錄影進行中。

「像我們攝影都是為了留住珍貴的時刻一樣。時刻銀行上傳記憶，你可以想像它只是一張更清晰、更鉅細無遺的照片。」他看我一臉不解，直接放棄跟我解說新科技，就像當時的人賣力向老一輩說明照相機不會攝走魂魄一樣不果。

他除下腕錶，朝錶面輕輕呵氣抹拭，就像他閒來無事也會這樣抹鏡頭。

「那麼，還是老樣子。」我收下他帶來的兩卷菲林，檢查過一切妥善無誤後便道：「兩小時後回來吧。」

聽見此話，他才回過神來，放下腕錶而直瞪店舖牆上塵封的時鐘：「忘了今天有事，我晚點來取相可以嗎？」

「哦，也沒問題。」

　　話說回來，從影樓到現在沖印店，真的試過幾遍有客人留下菲林，錢也付了，卻遲遲不回來取相。我亦沿用父親的做法，無限期幫他們保管。

「會沖印的照片都一定別具意義。」他是這樣對我們說的。

　　最深刻的一宗，是後來得知，其中一個留下菲林而沒回來的客人是在交通意外過身了。讓我特別記住的是，他來沖印的是婚紗照。有時候我也在想，到底該可惜他只差一步，還是慶幸他已經走到這步。

　　但會為著陌生人而感慨都是以前的事。自從被迫由大屋遷至板間房、店舖也從商業區撤退到這個爛小區，生活過得一塌糊塗的我已經沒興致為他人的遭遇而感到抱歉或可惜。要是有多餘的同情心，何不留給自己。

　　安迪擺擺手，腳步匆忙地推開半透明玻璃門，應該正趕著去哪。口是心非的年輕人，不是說自己討厭趕時間嗎？

　　反正照片不急著要，他離開後我沒有馬上開始工作。店舖沒人的時候，我都會這樣在工作枱玩著我最喜歡的電腦遊戲。可惜《模擬市民》近年沒再更新，比起其他虛擬實境的遊戲，它無論畫質還是像真度都欠奉，但從中可以操縱角色的一言一行，讓他們變富變窮，無數次重整他們的人生。

　　這種主宰一切、比擬當上帝的快感在其他遊戲是絕對找不著的。

　　本來可以繼承城中最有名的影樓，最後落得如斯下場，有時也不禁想像我的人生會否只是遊戲者的一個惡作劇。虧父親臨終前還說：「其實我們甚麼都沒失去。」嘖。除了這間過時發黃的沖印館，能讓我作主的空間就只有遊戲。

　　等待遊戲載入時，發現桌上多出一樣不屬於這裏的東西。雖說要學會視而不見，但客人離去，只剩下冷氣聲和我的小空間能允許我暫且放下專業。在褪色的老店度日如年，人類貪婪的本性無疑勝過故作高尚的情操。

　　一直以為安迪只是個和我一樣的窮光蛋，想不到他竟然會去時刻銀行開戶。有這個閒錢的話，我就算拿走手錶去變賣也不過分吧？說真的，沖印店平日收費一點都不貴，僅僅夠維持我的基本生活開支。

我又不是開善堂的，天降之財，不算拾遺不報吧。

他留下的單指針腕錶比想像中要沉，我隨意模仿他按按鈕，裏頭大概是彈簧，滴滴咔咔聲很是清脆，讓我想起了自己在課上無聊就會按原子筆的青少年時代。

納悶的是我按了好多次，指針也沒出現剛才的紅色光點。

算了。保險匙大概也有安全鎖吧，就像電話一樣要指紋或樣貌辨識解鎖。剎那間我對客人意外留下的玩意失去興趣，雖然變賣的價格會受影響，也尚且算是一筆橫財。

我乾脆把遺失物品藏在抽屜，說不定他發現自己遺下了如此重要的東西，很快就折返。

深呼吸，我已經準備好一副吃驚的表情，還有數句故作憂心的對白。

啪！

周圍一片漆黑，來得突然，但亦是意料之中。電線短路嘛，老舖位就是這樣，幾個月來一遍，我都習慣了。

正當我想前去修理時，眼前畫面又突然切換成刺眼的白色，

除此以外一無所有，雙眼像在烈日當空下直視太陽一樣難受。

　　大概被他說的怪事影響，我好像看到他所說的電腦編碼。眼前一切都由「1」和「0」開始構建。後來才有輪廓，然後又有了顏色和深淺。

　　我想這個視野大概只維持了數秒鐘，世界慢慢浮現粗疏的線條，冷暖顏色亦越發鮮明。出奇的是這一連串感覺很熟悉，不就是寶麗萊即影即有相紙獨有的顯色過程嗎。

　　一張相紙只顯影一幀照片，不多不少，亦不存在重來。寶麗萊不像數碼相片，貪婪地享有源源不絕的線條和色彩。

　　——嚓。

　　白光漸漸像雲層一樣退去，眼前畫面再次一點點地築構起來。

　　要不是呼吸突然變得急促，我可能要花上更長時間才發現自己正在熙來攘往的大街，三步併兩步的跑。我完全記不起自己在何時離開沖印館，也不知道自己所為何事在趕時間。

　　感覺，像被人偷走了甚麼。大概是一段毫不值錢的記憶。

　　說真的，自從過時的巴士在馬路上消失後，我至少有十年沒

追過任何東西。

雙腳卻沒有聽取我想停下休息的指示。閉上眼睛，我感覺到意識有一種無形的阻力。就像我在麻繩的一端，而在另一端和我角力的不是人或甚麼生物，而是一個具有自主思想的潛意識。

那刻我就明白，我要操縱這副身體，就得先贏過它搶奪指令權。出奇的是這個意識並沒我想像中強大，我只需花上比平日稍為堅定的意志，便能叫自己停下腳步。但輸掉的潛意識沒有敗走，繼續留在麻繩的另一端。而且似是告訴我它一直都會在。

回到現實，我用意識把自己拖行至不起眼的街角，不知何時背上了一個不屬於我的背包。匆忙打開，裏面的雜物全部都不屬於我，仔細看就連身上的衣衫球鞋都不屬於我。我揞住後褲袋，戰戰兢兢地掏出款式簡潔的錢包。

不意外的是，錢包主人和我一樣是個錢不多的窮鬼。我討厭自己在這個時候，自然反應竟然還會冒起想拿走鈔票的念頭。

雖然單憑衣著，連上我在沖印館所做的事已經猜到一二，但說到最後，要是沒有背包那個吱吱喳喳在喊的太空戰士，我死也不會相信這回事。

我走進了安迪的意識，那個撿到自己遺書的小伙子。

比起要不要拿走錢包的鈔票，這個麻煩好像要大得多。

距離遺書上的日子，還有三十天。

原來我被偷去的，遠遠不只記憶。

對於突然變成安迪的事，我在原地徘徊了半小時就冷靜下來。

我首先回到沖印館，短路過後一盞燈也沒剩下，我只見自己的本體倒臥在地，店舖明明正在營業亦無人問津。禁不住想像到了生命盡頭那天，我會不會也像這樣安靜而低調地孤零零死去，而外面的世界依舊操作如常。不甘平凡的人們常說不願只當社會的齒輪，但就我看來，即使缺了我和這間沖印館，世界仍然好端端的。我們連齒輪亦談不上。

我從抽屜取回屬於安迪的腕錶，重新戴在手上。想必是我按到了某個不該按的鍵，才會錯誤「登入」了安迪的身份。這樣來得簡單，只要登出就沒問題了。

只是錶賣不了，錢也沒偷到。

想到無緣無故惹上了這樣一個麻煩，就不免來氣。那個該死的電掣又突然短路，我到底要有多倒霉。

短路。

我不禁想起手上的腕錶。

安迪說過，時刻銀行將電腦的雲端程式接駁至用家腦部，讓人體記憶上傳後轉化為數碼的影片檔案。假若這個過程是一種電路，

而保險匙除了控制上傳，還帶有保險絲之效。我將安迪一直隨身攜帶的保險匙戴上把玩，所以引發了這場意外。

可是現在我的靈魂被困安迪體內，即使重新戴上保險匙亦不見有成效。我只好找出時刻銀行最近的分行地址，向官方求助。同時，確保他的保險匙帶在身上。

沖印館的裝潢落伍陳舊，沿用舊式的鐵閘和鑰匙。替店舖關門時，喀喀隆隆的拉閘聲吵到了鄰居，嘴裏罵道這所爛店甚麼時候才肯倒閉。

不少鄰居一直看我和店舖不順眼，這個年紀我早就不想與人口舌，一事無成到連吵架都會吵輸也太丟人。我吃力蹲下，用生鏽的鑰匙鎖好閘門，只想盡快前往時刻銀行解決問題。

然而往銀行走完一趟，事情又好像變得更複雜。又或者事情其實一直就很糟糕，只是我想像得太容易解決。

首先，時刻銀行已經全面改用人工智能職員，而不再聘請人類。而當我前往櫃位查詢時，職員似乎不能理解我說「錯誤登入」是甚麼一回事。

「我是說，我用朋友的保險匙，錯誤登入了他的意識。」我放慢語速，希望這樣它就能讀得懂。

職員的樣貌極其像真，笑容可掬的回答：「經系統驗證，先生您已連接至正確的帳戶，數值並無異常。」

我不知道他們在甚麼時候驗證了我的甚麼資料，越發厲害的不安感讓耐性遞減。

「你就直接告訴我登出的方法吧。」這次搶過控制意識的繩子相當費力，因為安迪的本意識本來就不希望登出。當我嘗試做出和本意識越背道而馳的事，搶奪控制權的過程就越困難。

「開戶時，我們已經直接將用家的海馬體連接至專屬的雲端儲存庫，所有步驟已經通過高度安全的保安測試。為保障客戶安全及私隱，一般情況下我們並沒有更改的權限。」她根本用不著思考地回答，對面的我卻一臉不解。

「也即是說，」她補充：「我們根本沒有登出或登入這回事。」

帶著這個壞消息離開分行，我才意識到必須面對這個問題的迫切性。如果安迪所言屬實，他的確看過自己的遺書，會不會其實是他命不久矣，靈魂甚麼的要找替死鬼，所以我才會和他的本意識一同困在體內？

想到這裏我才懂得害怕，因為換著是我，我正是個這般自私無恥的人。

分行位於街角，轉角的小巷掛滿林林總總的廣告牌，而偏好古舊事物的安迪偏偏朝一個霓虹招牌走去。

「人間煙館」。

招牌刻有四個大字，下方補充：時刻銀行用戶專享放映優惠。

安迪正是看中這一點，毫不猶豫就走進旁邊一所可疑的公寓。煙館位於頂樓，梯間洋溢著各式各樣的氣味，異常濃烈，花香、檀香，甚至有烘焙麵包的香氣。

推開沉甸甸的木門，像雲海一樣的煙霧直湧過來。當煙團稍為散去，一個體態豐腴的女子叼著長長的鴉片煙槍，走到安迪面前。

「一位？」她張嘴說話，齒頰間飄滲出濃濃的煙霧，像吐出了一片雲朵。

安迪反應不來，遲鈍地點頭，過了好一會才懂得豎起一隻手指示意：是的，我一位。

這位不知是服務員還是老闆的女子輕勾指尖，讓安迪跟著她。

這裏沒開燈，微弱的燭光剛好夠引路。面積不大的煙館放了十來張皮製的貴妃躺椅，仔細一嗅複雜的氣味當中還帶皮革香味。每張椅以拉簾隔開，廂間有獨立的空間。熒幕的五光十色打在人臉上，青的紅的，像過期的聖誕樹。

　　論裝潢和設備，這裏絕對談不上新。可能因為收費相宜，即使位於公寓頂樓這般不便利的地方亦座無虛席。

　　又可能是，一個喘息的空間，根本不需太高檔次。

　　廂間各自躺著不同年紀、不同打扮的客人。他們都像女子般叼著煙槍，一邊吞雲吐霧，一邊直瞪著屏幕。目光呆滯，但不時嘰嘰發笑。

　　「第一次來？」女子問，嘴裏仍然吐著煙：「看你被嚇倒的樣子就知道。」

　　安迪不習慣煙霧，連忙鬆開下意識捏住鼻子的手，連聲說不好意思。

　　生客嘛，女子呼了一口煙，換個隨和的腔調：「他們都是時刻銀行的用戶，年輕時都擁有過輝煌的日子，便花了很多錢去上載那些片段，記下自己的人生有多光彩。但人老了，就沒甚麼留得住吧。成功過的人更難接受失去，便終日跑來這裏重溫以前最光輝的

日子，一看就是一整天。看著看著，就一輩子了。」

　　其中一人白髮蒼蒼，我窺看到屏幕正是以他的視角，放映著他在國際賽站上頒獎台的片段。

　　女子在安迪耳邊輕說，他年輕時是金牌運動員，退役後不甘心，每天都來重溫每一場贏過的比賽。

　　又有另外一個濃妝艷抹的中年婦人，女子說她不就是哪個哪個電影紅星嘛。

　　安迪恍然大悟，說好像也有聽過這個名字，她還贏過選美冠軍對吧？

　　年輕時被電影公司爭相聘用，粉絲會如何鼎盛，她將引以為傲的時刻全部儲存好。即使影迷相繼離她而去，低價拋售她的紀念品，她仍然是自己最忠實的粉絲。有感自己急流勇退，她息影後就終日流連這裏。大概只有這所電影院，她主演的影畫還會每天上演。女子轉述，她說還是習慣在熒幕中看自己。

　　安迪聽罷，不期然發出驚歎。冠軍呃，好厲害。意想不到這種地方臥虎藏龍。他腦袋不靈光，唸書不好，從來沒拿過第一。

　　「一年只有一個冠軍，十年就有十個冠軍囉。」女子輕喉，始終是

客人，用力吸一口就不再説，這些到底都算甚麼。

安迪被安排到一個沒人在用的廂間。貴妃椅上有絨毛抱枕，他稍稍挪開半吋，生怕有細菌。即便如此，入歸隨俗的他再不自在仍然躺下來，問道：「那他們在抽的是⋯⋯？」

女子往煙槍的槽口又塞了一些不明的草藥，點上火。她稍稍蹙眉，努力想出一個適合新手意會的解釋：「會讓人有點瞓，更容易投入到片段裏頭。」

説罷，她將煙槍遞給安迪。放眼一望旁邊的人，雖戴上耳筒，嘴裏卻不停的大笑、輕笑、苦笑。他沒有伸手接過，始終帶有戒心。

女子莞爾，為他關上掛簾前沒忘記把煙槍留下。來不來、抽不抽，從來都是客人自己選擇。只是女子不明白作為用戶為甚麼會抗拒煙槍。

「沉迷過去的事和抽煙槍，不都一樣是麻醉劑。」

才開始使用系統不久，安迪的帳戶只有一段兩小時長的時刻。本來我也好奇他的生活，像我喜歡從別人拍的照片中猜忖聯想他是個怎樣的人，但片段原來只是安迪和幾個朋友簡單聚餐。

幾人吃著廉價的快餐，談著無聊的玩笑。平庸得也許只對他有意義。

他躺在貴妃椅上觀賞自己的過去，說到同一個笑話還懂得笑到眼淚直飆。就如在戲院看的青春電影，大多都這樣尋常庸俗。

在店裏無所事事的時候，我喜歡觀摩路上經過的行人。四、五點左右的放學時間，偶爾就會走過三五成群的年輕學生。

我覺得他們的世界是彩色的，對於這所像我一樣陰暗鋪塵的店，眼梢也不會瞧一下。

要是我也真的可以重來一遍二十歲，也許參加多點活動，或者運動一下，再不然鼓起勇氣到酒吧認識一下女生，都至少絕對不會活到這副德性。然而這些空想，都化成我在電腦遊戲一次次重新載入的生命。虛擬，但至少是活生生的。

而在時刻銀行得來的資訊，一直讓我很煩惱。意外墮進安迪的身體裏，如果無法找到出口，那我豈不是要永遠留下？

無緣無故被困，我又完全沒有頭緒該如何回復原狀。走投無路就是這個意思吧？

其實，我開始衍生另一種想法。

要是無法重回自己的身體，那麼我就得以安迪的身份活下去。不負責任地說，我已經無暇兼理這個年輕人的生死，天知道他往哪裏去了。這副軀體其實仍然殘存他的基本意識和取向，只要我放棄和他的本意識拔河，佯裝他來生活應該沒問題。

再不然，我就直接找方法滅掉他的本意識，再帶著這副身軀，去個沒人認識的地方隱姓埋名，重新來一遍人生便好了。對，就像在《模擬市民》重新創建一個檔案，多簡單。

如果當真，我足足年輕了二十年，好像也划算。不，這是百利而無一害。

但這樣的話，我算是偷走了他的生活嗎？

話說到底，事情的開端還不是他粗心大意才會留下保險匙。就像很多社會實驗，在街上撿到錢包也不是每個人都會如此清高地交到警局。更何況這件事純屬意外，他本人又生死未卜，就算我真的就此遠走高飛，也能被諒解吧。

老實說，我連腕錶和錢包都打算偷了。偷走人生，又有差嗎？

23 ——— 20

曝光一刻

23

離開煙館，我隨他的本意識回家。從設置和日用品等不難推斷，他應該和母親同住。說實話我沒信心能長期瞞過他的親人，被揭發的話甚至會被冠上謀害安迪的嫌疑。想到這裏我開始下定決心，就帶著安迪的身份離開此地。我盤算臨行前收拾幾件衣衫行李，最好還能帶走一些值錢的東西。

直至口袋的電話突然作響，害得我心臟幾乎停頓。

一則訊息，傳送人不明。

「你在哪？不是約好六點見面嗎？」

接到這樣來歷不明的短訊，竟然讓我考慮要不要赴約。一走了之當然更容易，但遺書的事一直讓我耿耿於懷。解開謎團，或至少活過了遺書上寫的十二月二十三日無疑會讓我活得心安理得一點。

還沒下到決定，那股刺眼的白光和快門聲再次襲來。眼前又再重複一遍寶麗萊的顯影過程。

明明同樣只得數秒鐘時間，這次我卻想了很多。我會就此打回原形，變回那個頹喪潦倒，只抱著老爸留下的爛店虛耗半生的中年人嗎？從此變成安迪的計劃明明如此完美，只差一點我就能重活一遍。

不得不承認的是，我不想回復原狀。

但相紙一旦被攝入影像，用家只能靜待它慢慢完成顯色過程。換言之，相紙和生命同樣只得一遍，開始的一刻經已成形，無法逆轉也無從補救。

寶麗萊其中一個最特別的地方是當顯影尚未完成時，只有輪廓和淡淡色彩的神秘感。只是單憑眼前朦朧畫面，又好像不是老舊的沖印店。

——嚓。

「終於回來了。」

眼前是一個裝扮雍容華貴的女人，大概三十歲出頭，只是她蓄及肩的大波浪曲髮、戴上豌豆般大的珍珠耳環，使她看起來要更老幾歲。

「這麼晚才下班，怎麼不打個電話回來？」女人繼續說話，語氣顯然有點不滿：「我們等你晚飯，孩子都餓壞了。」

甚麼我們？誰的孩子？你是誰，你們是誰，又為甚麼要等我？

女人替我拿走手上濕漉漉的傘。觀察力突然變得敏銳，一陣

違和感襲來，剛才明明就沒有下雨？

此刻她還未察覺到甚麼，只往偌大的客廳叫喊：「阿英，爸爸回來了，我們吃飯囉。」

她說爸爸？

我借助窗外滂沱的雨勢，說自己得先往洗手間擦乾一下。先不說我對答時結巴得要命，在前往洗手間時還迷路了。還好女人忙著張羅晚餐，才沒對這個會在自己家中迷路的人起疑。

結果我沒有回到沖印店，但也不再是安迪。我在鏡子前甚麼也不做，只盯著自己看。

這次顯影過後，我變成了這個單位的主人。他和本來的我年紀相若，額上沒有因生活潦倒促成的皺紋，腹部也沒有因長期怠惰而囤積脂肪。他是一個叫威廉的督察，一個兩歲孩子的爸爸。

原來和我同歲的人，好命的都成家立業了。

我從未走進過如此寬敞的臥室。繼父親去世而家道中落，已經很久沒有躺過在整齊摺疊的被鋪之上。

本來以為變成安迪重來二十歲，就能過一個燦爛的學生時代，

可能還能談幾場轟烈的戀愛。最後找份亮眼的工作，買所大屋和一個漂亮的女孩安定下來。此刻聽著茱莉亞和阿英在門外玩樂的嬉笑聲，很難想像變成威廉的我已經擁有這一切。

無故變成其他人，意識被困陌生人體內，正常人感到驚惶失措是合理不過。但對於人生本來已經絕望，只打算趕快活完一生再作抽籤的我而言，更像是上天為我精心儲備的驚喜。

長時間沉迷電腦遊戲，在虛擬世界創造不同的人生，都怪我一直以來都在等待一個「重新投胎」的機會。在現實世界，更想重新塑造一遍自己的人生。

偏偏缺乏自尋短見的勇氣，當然也有想過要奮力改變，結果在沖印館一窩就窩到這個年紀。

幾年下來所遭遇的種種不幸，換個角度想，可能只是將運氣暫時儲起，一下子兌換成這次的錯誤登入。

「威廉，」茱莉亞不知何時站在門外，笑得非常幸福：「週末我們要不要帶阿英去哪裏玩？」

奇怪的是我和眼前這個女人其實毫無瓜葛，除了名字以外我對她亦一無所知。也許單只是家庭的感覺，已經讓我覺得非常踏實。

正要回答之時，我又被寶麗萊的強光所吸進去。經歷過兩次之後，我已經不會被莫名的白光嚇怕。當本來的人生已經不能再糟糕，對於一切未知，我都只存有期待而不能更失望。

——嚓。

尚未感應到燈光，香薰飄來的煙四處蔓延，氣味甜得叫人受不了。

面前是一張鋪好了紅色絲絨布的圓桌，上面零落地放了三張塔羅牌。

「到底我和他怎麼樣？」圓桌對面的年輕女生雙手合十，神經兮兮地詢問復合的可能性。

身體的本意識伸出了左手，纖細的指甲尖塗上了深紅色，將一張卡推向女生。

「『審判』，逆位。」

我不敢相信從我口中竟然傳出一把具有磁性的女聲，而且接連說出一堆朦朧但似乎莫名具說服力的話。直至年輕女生將三張千元大鈔雙手奉上，若有所思地離去，我才膽敢——亦無比樂意地相信，我所擁有的第三個身份就是這名女塔羅師。

這次顯影過後，我更確信遇上這些錯誤，無疑就是我一生人中最幸運的事。

　　年輕人的魄力、女性的外表與優勢、完整美滿的事業家庭。讓我不禁質疑為甚麼在開始時，我竟然會蠢得去煩惱登出的事。

　　如果這次意外是一個重新投胎的機會，我不曉得三人何者更優。反正比起貪圖他們的人生，我只是更想拋棄原來的生活。這樣聽起來，我一點都不貪婪。一點都不壞。

房間有一面大鏡子，旁邊貼滿讓人聯想起土耳其的琉璃馬賽克。鏡中的塔羅師披一頭黑長髮，仔細在眉心對上中間劃分，額上掛有波希米亞風的頭帶。妝容下的五官深邃標緻，尤其雙眼特別有神，讓人不得不信服她擁有某種能把你看穿的神秘力量。

只是從一「登入」她，手上的這件異物就讓我感到很不舒服。那是一隻鑲有紅寶石的金屬指環，緊緊卡在左手食指。湊近仔細端詳，我在指環旁邊竟然找到與安迪腕錶相似的幾款按鈕。這隻指環，明顯就是屬於她的保險匙。

據我推測，安迪、威廉，還有塔羅師娜拉，他們同樣是時刻銀行的用戶。只是像安迪所言，系統在更新時出了甚麼毛病，讓我卡在這三個人的帳戶當中，而且不斷轉換。

成為他們任何一個，都肯定來得比我原來的命要好，只是問題在於不知強光會在何時出現，出現過後又不知道會切換成哪一個人。

首先肯定了這是更新系統的異常情況，我不可能再回到時刻銀行，讓他們得知系統出現了問題。其次就是找方法，讓我能永遠留在其中一人的軀體內。

不能前往時刻銀行的話，答案就只能靠自己找出來。

　　說來可笑，我可是第一次遇到如此迷惑的情況。大半輩子困在狹小又殘破的店，好像從出生開始就命中註定要承繼父親留下的一切，除了他的店，還有他晚年失意後變得怪僻的脾性。怎料安迪的一個無心之失，卻為我帶來了逆轉人生的可能。

　　我憑借蠟燭微弱的燭光推開木門，她所穿的長裙叫人行動好不方便。這個小房間位於橫巷的地下舖，似是強行從大舖間隔出來分租的，位置就在沖印館的幾條街以外。

　　利用這個地方做生意顯然違反了某些條例，但門外仍然招搖地掛上各種輕紗、水晶或不知名雕塑神像作裝飾，就像娜拉本人身上也掛著各種謎樣色彩的飾品，走路叮叮嚀嚀的，像一個繫滿絲帶的風鈴。

　　門外有一行手寫字，筆跡陳舊，寫著一段宣傳標語：

　　　　有問題的人，這裏能為你找出答案；
　　　　有答案的人，這裏可以為你找出問題。

　　我好像聽説過，塔羅師也可以替自己占卜？

+/_

　　經歷幾次「登入」過不同的人，我漸漸能判別到如何聆聽他

們自身的本意識。情況有點像「奪舍」，意思指遊魂野鬼奪取活人的軀體，繼而遷入自己的靈魂。就如第一次我登入安迪的身體，他的本意識在趕時間，而我作為一個外來入侵的意識，就得透過「拔河」來壓過本意識，強行讓他停下來。

換言之，在我不想奪取控制權的時候，軀體透過本意識仍可以如常運作。

在我跳轉至其他人的時間，他們更加可以不受干擾地生活，一切如常。

回憶娜拉剛才替客人占卜，我模仿她將塔羅牌攤開成扇形。我向來對神秘學說不感興趣，亦不理解這些偽科學的可信性有多少，至於會突然冒起替自己占卜的念頭，我想或多或少是被娜拉的本意識所影響。

抽牌時默念問題：我想永遠留在其中一個人的身上，該怎麼辦？我在三人身上時常跳轉，最大的問題是不穩定。天曉得下一次時刻銀行在更新系統的時候，會不會把這些錯誤都修正過來。

而且不停在三人身上跳來跳去，即使屬同一個意識，極其量也只是一個不完全的人。如果換成數學題，就是三個不同的三分一，加起來都不會是一個完整的一。

她熟練地翻牌，是正位的「隱士」。

所有牌義和解說已經深深植入她的本意識，到達近乎反射神經的程度。隱士牌象徵的主要是「尋找」，而在尋的過程中必然是孤獨的。因為很多時候答案就存在我們之中，能否找到只是時間的問題。套用到我所面對的情況，意思是我得繼續在這三個身份當中尋找下去，才能找出永遠留下的方法？

我搖搖頭，還是覺得這樣做實在太無稽了。求神問卦對我一點說服力都沒有，我不明白為甚麼會有人願意花幾千元來抽幾張牌聽娜拉胡說一通。最想不通的是為甚麼娜拉作為一個成年人會痴迷地相信這些毫無根據的理論可以為別人找到方向。女性的思維實在是太、太不可思議。也可能是因為抱持著這樣的想法，我大半輩子也沒認真和一個女生交往過。

我想娜拉或她的客人們都一樣，她們也許亦是遇上甚麼問題求救無門，才會訴諸看似遙不可及的神明。某程度上，投靠神明的人都是無助的，而同時神明如果確實存在，祂也在依靠無助的人來印證自身強大。

可能在這個各取所需的過程之中，大家都會好過一點。而在情緒得到紓解的時候，本來的問題亦漸漸不成一個問題。

我之所以會忽發奇想，浮現這種奇怪莫名的想法，想必是我在

影響她的本意識進行操控時，娜拉迷信的主意識亦同樣在影響我。一定是這樣。

在登入娜拉的翌日早上，我被強行竄進眼簾的白光所叫醒。險些以為又要進入寶麗萊的顯色過程，過了片刻沒有聽到快門眨眼的聲音，我才認出這不過是早晨的和煦。我好久沒有這樣期待過早上。

隱士牌所說的「尋找」讓我徹夜難眠。如果我要找的答案真的就在這三人中間，那麼煩人且出其不意的跳轉過程，就是找到永遠留下的方法前，必需走過的曲折。

叮──

離遠瞥到電話屏幕，娜拉的手機接到一則訊息。

回想上次我在登入安迪的時候，手機又是這樣一響我就被跳轉至威廉身上。所以這次聽到訊息提示聲，心頭難免一震，待在原地一動不動，直至確認沒有出現強光。

但讓我更詫異的是，那則訊息是來自一個約會應用程式。

　　直覺告訴我，這個應用程式必定蘊藏著一些有趣的資訊。我點選至主畫面，馬上出現娜拉的個人帳號。

　　一張和現實樣貌八、九成相似的個人照。太誠實，沒趣。

　　興趣：塔羅、星象、風水、各種神秘現象。意料之中，沒趣。

　　年齡：四十？

　　人靠衣裝，可能是她打扮別具心思，甚麼鈴鐺羽毛絲帶銅片，只要看起來像裝飾的都往身上掛，而且富民族色彩的衣衫又鮮色奪目，一直讓我覺得她要年輕得多。但她橫看豎看，也不至於要渴望到靠約會程式來找對象的人。

　　接下來我花了一整個上午在程式好好逛了一下，掃視了曾經給娜拉發過「心心」的男性用戶。你可以將「發心心」看待成對你有興趣，而如果你也希望和該個用戶發展，給他回一個心心就能展開對話。

　　在我隨意瀏覽程式時，發現有些會員竟是頭髮都差不多掉光的大叔。他們都有膽量去玩新潮的交友程式結識女生，而我最進取不過是躲在店內偷看客人的照片。是的，我是說過在專業操守上該視而不見，我也沒有留下存檔，滿足過簡單的需求便拋諸腦後。

　　我在年輕時當然也有喜歡過班上的女孩、鄰家的女孩，還有在巴士上遇到的女孩，但每次都是一下子就被拒絕。想到這裏就不免來氣，在程式亂逛時突然靈光一閃，閃現一個有趣的惡作劇。

　　我留意到其中一個給娜拉發過心心的用戶，他的個人照是一個抱著「雞排妹」寫真、皮黃骨瘦的男性。先不去探究他為甚麼會用這張照片來作交友程式的頭像，而且相中人面容憔悴得像捱了好多晚通宵去輪候雞排妹的見面會。話說回來，這張照片好像有點眼熟，應該不會在哪裏見過吧。

　　他給娜拉發心心，她理所當然的沒有理會，但天知道這個雞排男是否就是她的真命天子。說不定讓雞排男抽張塔羅牌，一看就知道是他了。

　　來到這一步，她的本意識已經和我拚命拉扯，爭奪象徵控制權的拔河繩。我花上比平日要多的力氣蓋過她的意識，馬上接受雞排男的好友邀請，附上留言：「點擊此處與塔羅師展開激情對話」。

　　果然用不著幾分鐘，雞排男已經和由我飾演的娜拉展開激情對話。他的回應讓我越玩越起勁，因為我能想像要是自己年輕十歲，我就會是屏幕對面那個受寵若驚的雞排男，手心冒著汗地思量每一則回覆。

　　可是這個想法並沒有激發起我的同情心，我相信同類的人有

相互排斥。他和我越相像，我越希望見到他比我經歷過的更潦倒。

讓我相信，自己並沒那麼差勁。

原來換個位置，同一回事可以變得如此有趣。

玩得興起，偏偏白光橫蠻且強勢地佔據視線，使得惡作劇不得不中止。扮演一個女性戲弄像我一樣的人，我竟病態地覺得比起玩電腦遊戲，或平日在黑房窺看客人在菲林留下的生活軌跡都要有趣得多，真實得多。

就不管那些真實感，都是來自他人切實的痛苦。

——嚓。

數秒鐘明明很短，當我開始期待這次會登入哪個人時，顯影的過程就變得讓人焦急難耐。結果這次，我又回到了安迪的身上。

場景是安迪家附近的一所冰室，卡座對面坐了一個穿著校服的女學生。身上的校服裙和她短得過份的頭髮顯得格格不入，她目光一直在我身上游離不定，良久才開口提問。

「可以開始了嗎？」

「不好意思，請再等等，」安迪的主意識脫口而出：「我想再三確認已經開始上傳現在的時刻。最近系統更新過後，整個人感覺就怪怪的。」

「就是你在電話說，上次爽約也是因為那個見鬼的爛系統嗎？」

安迪尷尬一笑，不再說點甚麼。但多虧她這樣一說，我才想通了自己不停跳轉，和上傳時刻的關係。

我在他們三人身上都分別找到了保險匙，證明他們都是時刻銀行的用戶。安迪說過自己買下的容量不多，所以不會長期開啟系統上傳，只會選在特定時刻上載，而這次我又從娜拉身上突然跳至安迪，就是因為安迪開始了上傳。

假設我是因為系統異常而被卡在這三個人當中，每當他們有人開始上傳就會影響系統的穩定性，而錯誤墮入其中的我就會跳轉到正在操作的用戶身上，發生「奪舍」的情況。除了可以共享他們的視線，還可以走入他們的意識，操控行為。

這樣一來，每次毫無預警的跳轉就變得合理。

「喂，到底你要不要聽？」短髮女生的語氣顯然已經不怎麼耐煩。安迪連忙低頭道歉，請女生繼續剛才的話題。

第一次登入安迪的時候，我記得他正在趕去哪裏，後來因為被我奪舍，他才沒有赴這個女生的約，但怎麼看他們也不像同學或朋友。安迪為甚麼要再三確認，現在的時刻會被上傳保留？

「你在網上說的話，是真的嗎？」女生開腔。

安迪回答得有點勉強：「那你得先回答我，你在網上說的話，也是真嗎？」

說罷，他在手機打開了討論區的一則帖子，內容是發帖人表示自己需要報仇，更揚言這個仇只有透過她本人自殺才能報復。

「當然是真的，要不然我怎會聘請你幫我拍一本自殺實錄？」她說得非常直白，同時嚇倒了安迪，還有躲在安迪本意識後的我。此刻我真慶幸自己不用面對這樣窘迫的場景。

「我也猜到你是說真的，」安迪苦笑，在此刻嘆氣不怎麼合時宜：「所以我才要確認這段對話被錄下。請不要介意，我還不想因教唆他人自殺而入獄。」

女生稍頓，面色豁然開朗：「你是說，你願意當我的攝影師？」

「我對這個攝影題材的確是很感興趣，自殺者死前的生活實錄，真的沒多少人拍過。」安迪呷了一口飲料，我覺得味道難當才發現他

在喝的是西洋菜蜜，險些想讓我吐出來。我敢斷言，這種難喝的東西比起我更沒有存在意義。

「而既然你說到已經沒有任何人或任何方法改變你的心意，那麼總得找一個人替你完成相集吧。」安迪乾咳幾聲，抑下莫名的反胃感覺。

「那我就當你答應了？」短髮女生這時才說，自己在各大攝影論壇聯絡了好幾個攝影師，每次也被當成是神經病，連帳號都給封鎖：「事實上，肯出來面談的只有你一個。所以你在昨天爽約的時候，我本來也不抱有期望。」

「總之，如果你改變心意就隨時告訴我。」安迪將支票放到錢包暗格：「我可以全數給你退款，任何時候。」噴，明明環境又不是好，在女孩子面前愛充大頭是小伙子的通病吧。

「放心，不可能。」女生爽朗地回答，你就放心花光好了。很配合她剪得像男生的髮型。

　　冰室外面剛好下著毛毛雨，她展出整天以來最陽光的笑容，向安迪伸手：「我是哈蕾，合作愉快。」

　　才登出安迪不夠一天，他就似乎惹上了一個很大的麻煩。

安迪又點了一杯西洋菜蜜，開始和哈蕾簡單商討相集的內容，只是絕口不提計劃的最後一步。

「地點方面，我會再通知你。」哈蕾補充說，你要準備好隨傳隨到，然後又問：「你有工作嗎？還是仍在上學？」

安迪的年齡介乎在學與就職之間，但我從來沒見過他穿校服或談起工作的事。對著哈蕾，他亦沒有正面回答：「我閒得很，但又可以說沒多少能用的時間。總之，我可以隨時出現。如無意外吧。」

「那你預計，甚麼時候會完成相集？」他故意問得婉轉。我們都知道「完成」是甚麼意思。

哈蕾從背包的文件夾取出一份宣傳單張。一個國際攝影比賽，優勝作品將於大型攝影展作專題展出。截止日期是本年年底，距離現在只有一個月左右時間。

「我想你帶著我的照片去參賽。」她對安迪說，語氣堅決同時帶著懇求：「贏下比賽，把我的事公諸於世。」

安迪聽罷倒抽一口氣，既沒拋出問題，也沒給她留下答案。

哈蕾提出的自殺前實錄，自然讓我想起了遺書的事。安迪在幻象中見過自己的遺書，可能和想自殺的哈蕾有關係。說不定他在

網上結識哈蕾時看過她寫好的遺書，然後日有所思夜有所夢，把信中的主角誤當成自己？這個説法來得牽強，但像塔羅所説，答案是需要尋找的。追求真相的人才不會守株待兔。

　　離開冰室，安迪的本意識想前往電腦中心，利用剛剛收下的錢去添置鏡頭。但我沒有按他的意向行事，走著相反方向。

以前我走不了兩步就會上氣不接下氣，不得不坐下歇息才起行，再遠的地方就只好乘車。可是我以安迪的身軀走著，不經不覺就到了目的地。

冰室在小區稍遠的地方，我很少來這邊逛。同一種規劃下的大街，填海得來的風景一樣不怎麼好看，新舊樓宇依然交錯得不像話。

自從無人駕駛普及化，擁有座駕的人就和擁有手提電話的人一樣普遍。行人路頓時是寬闊多了，但馬路需要應付大大增長的車輛數量，交通燈號通行的時間亦隨之延長。

我在交通燈前等了好久，久到發起白日夢來都不自覺。車看的交通燈那三顆燈一向是紅黃綠。綠色長亮，車輛在跟前劃過的時候甚至快得看不清，型號的轉變亦快得我追不上。事實上，是我根本就負擔不來。奢侈品與我無尤，我連抱怨的資格都沒有。

刺眼的綠燈光驟然減弱，頭上的黃燈徐徐亮起。習慣風馳電掣的車輛收煞不及，剛好踩上了行人走的斑馬線。

車內的人碎碎念，大概在埋怨轉燈太快。過渡至紅燈的進程漫長，看著看著就在想，燈號的轉換再突然也突然不過我在三人身上的跳轉吧。紅綠當中至少亦有黃燈作過渡，而我每次跳轉都是既無預警，又沒緩衝，突如其來就被轉到另一個人身上。

最可怕的不是離開，而是不知終點地出發。

紅色亮起，我想起娜拉手上的紅寶石，她的保險匙。剛好登上行人路，焦急的車輛從後腦勺飛快掠過，燈號原來瞬即又轉成綠色。

我回到了沖印館。

$$+/_-$$

自我接手以來，因為沒嗜好也沒朋友的關係，除了看店也沒啥好做。所以沖印店是在小區內唯一全年無休、但也沒幾個人光顧的店。直至我因為保險匙而被困，這家店才第一次休業。

考慮到跳轉不定時，我索性把店舖的鐵閘鑰匙藏到地氈下方，方便我的意識落在哪個身體之上都可以隨時回來。

只是相隔一天，本來苟延殘喘的沖印店好像霎時失去了生命。沒有人生活過的痕跡，就像這幾十年來我也從不存在。

這一幕讓我想起了影樓倒閉那天。

有街坊專程來看，紛紛喊可惜，説連我們家都結業，這個時代是完結了。我沒想得那麼遠，於我而言只是父親和父親留下的一

切完結。真正的完結是你甚至沒有重新開始的打算。

自那天後，我再沒踏足過那條街。

我把自己的軀體安置在後方房間，帶著一個陌生身體的距離替自己洗臉梳頭。從另一個角度看，我才發現自己不知不覺已經這麼蒼老。好運的話，大概兒子都到了能自立的年紀。我有點沮喪，好像一輩子還沒做過甚麼有意思的事就老去了。

事實是如果我沒遇上這些事，平淡而有些孤獨地走過餘下日子也不難。我一直以為自己不過是那種樸儉而不外求的人。

最糟糕的是，人有選擇就會貪婪。

這次重返沖印館不是偶然的心血來潮，我是專程回來再看自己一眼。奪舍也好，偷也好搶也好，我已經下定決心要偷走他們其中一人的軀體。

當然，偷就要連同他們的人生偷。

如果影樓倒閉是一種完結，現在才比較像開始。

19 ——————— 13

顯影一刻

　　沒有突如其來的跳轉，我在安迪身上過了一夜。他的房間除了我大多都看過的攝影器材，還有零零丁丁幾本教科書。按照上次在煙館看他和朋友聚會的時刻來猜，他是在唸書的年紀，只是因為某些原因而沒再上學。

　　疊在最頂的是一本英文文法的教科書。我隨手掀起一頁，教的是時態。求學時代的回憶一下子像潮汐般湧過來，然後悄然褪去。現在式、過去式、未來式。我還記得。

　　我用安迪的手翻閱著，他的本意識在劇烈排斥這個動作。對於輟學的人來說，心血來潮在複習文法大概會覺得無比違和。

　　在我唸書的年代，英文時態來來去去都離不開這幾種。唯獨寫在未來式的下一項時態，是我前所未見的。

【時差式　Lag Tense】
標示因時間異常而發生的動作狀態。

　　如現在式等時態一樣，時差式亦再細分為時差進行式和時差完成式。解說下方附有大量我看不懂的例句和理論。以我有限的理解，時差式是常見於科幻小說的一種獨特時態。

　　試想像，我們的時間是一條穩定的直線。正常的「過去」、「現在」和「未來」都在這條直線之上，發生的事一個接一個跟著既定

的軌道走。暫且稱之為正軌。

而在正軌以外，本來不應發生而發生了的事件，一概都用「時差式」標示。

所指的主要是小說中經常出現穿朝越代和分裂平行時空等等情節，外國的作者開始使用這套新時態來描述受時間差異或扭曲所影響的事件，就如電路短路引致的異常情況。具體來說可以是沒甚麼用，文法執著到某個地步，只會變成另一種繁文縟節。

自古以來時間都是不可超越，且只會一直前行的。當科技嘗試挑戰時間像定律一樣的前行性，便會造成各種錯亂。過去變成現在，打後的未來亦變得不再一樣。

我會説那些是介乎虛與實之間的事，不過談到虛實又有點太哲學。將這些分裂出來的事件以獨立時態標示，是科學哲學和文學混的雜種罷。

多疑的人難以避免聯想。如果時空是一個預設好的電路，日新月異的新科技在不停測試它的負荷，最終影響電流的正常運行，造成困住我的短路。

然而多虧安迪上次和哈蕾聊天，我才找出不停跳轉的原因。他們三人都有經常使用系統的習慣，而每次有人上載時刻，我就會

自動跳轉到該個用戶身上。

換言之，其實我已經找到永遠留下的方法。

就是讓其餘兩個人，永遠放棄使用時刻銀行，不再上載。

這很簡單，既然我在登入時可以操控他們的行為，讓他們放棄戶口不就一勞永逸了。

△

我再次借用安迪的身軀前往時刻銀行，負責接待的仍然是人工智能職員。他們的外表幾可亂真。明明都是一樣的皮囊，卻偏要套上不同的髮型，增強真實感。

「我想辦理放棄戶口的手續。」平日要改變他們的說話或行為，都得花力氣壓過他們的本意識。而今次讓他說出要放棄戶口，我在拔河的一端感受到前所未有的阻力，代表安迪的本意識在極力反對這個動作而在和我角力。

「沒問題，您已通過生物辨識確認身份。關閉系統後，我們將會回收您舊有的保險匙，您將不能再上傳時刻。反之我們會將您的保險匙切換成分享模式，讓您核準的家人朋友亦擁有閱覽權限。」

安迪的本意識繼續掙扎，我榨盡氣力也得搶過控制權。只要說出這一句就好：「不用了，只要給我關掉系統，以後不能再上傳。」

職員仍然笑容可掬，大概沒有甚麼答案會嚇倒一部沒有心臟的機器：「當然也沒問題。」

「最後一個步驟，」職員不徐不疾地解說：「請您輸入十六位數字的個人密碼，我便可為您啟動關掉戶口的手續。」

我放棄角力，再次失望地離開時刻銀行。偷走別人的人生果然沒那麼簡單。絕大部分時候，只要登入他們便能操縱他們，然而當我要做出一些極度違背他們本意識的事，就像今次便很難成功。密碼屬於較深入的記憶，我在奪舍時最多只能操控行為或語言，不包括竊取記憶。

所以唯一可行的方法，只有讓他們發自內心地放棄上傳。又或者說，我只能循序漸進的引導他們放棄，而不能像現在一步登天。

按情況推斷，威廉事業有成，又擁有美滿家庭，我推測他使用系統不過是為了記錄孩子的成長片段，就像數十年前人們蜂擁去買高品質運動攝錄機或航拍機一樣。反正像玩具一樣，氣氛過了就不怎麼碰。相對攝影愛好者安迪，或沉醉各種神秘現象的塔羅師娜拉，應該最容易影響威廉放棄使用。

假如成功，接下來就得取決於娜拉或安迪。能讓誰先放棄上載，我就能留在另一個人的身份。

其實最後登入誰也好，我不過想似個人的活一遍。但既然要偷，就偷一個活得比較輕鬆的吧？就像很多人也會放售玩得高階的遊戲帳戶，萬事起頭難，購入的人不過是想玩得盡興點。況且，我的前半生已經夠難了。儲好經驗值不但沒有升等級，反而每況愈下。人生就是一門最不對等又不公平的遊戲，連按下「退出」都要被媒體貼標籤。

還有一個想不通的問題。如果我被困系統是因為程序更新時發生異常，為何偏偏是他們三個互不相識、不同背景也不同年齡的人？當中到底有著甚麼無形的連結，將這三個人拉在一起？

越想越頭疼，最見鬼的，是在最近感到迷惑的時候，我總會想起娜拉的塔羅牌。

　　翌日，我仍然待在安迪身上。如我所料，他平日的活動範圍就在小區一帶，隨身攜帶充足的菲林，走走逛逛就一天。直至哈蕾傳來訊息，著他馬上到附近一個公園見面，特別提醒他要帶上照相機。

　　每次和哈蕾見面前，安迪都會開啟上傳系統。這種做法也能理解，畢竟這份工作最後的要求，是要讓他帶著一個自殺者策劃的相集去參賽。

　　到時候無論發生甚麼事，造成甚麼迴響，面對怎樣的懷疑和質問，哈蕾也無法再說一句話替他澄清。

　　靠近黃昏的五時多，下課時間，她像第一次見面時穿著校服。這次多了一件毛衣。

　　「你剪頭髮了，」安迪甫見她就搭起訕來：「剪得比我還要短。」

　　「拍完要拍的就給我滾。」誰知她被說話惹得不高興，拋下一句說話就走。

　　他感到十分無奈，也沒再反駁甚麼：「那到底你讓我拍甚麼？」

　　她瞪他一眼，故意在對話當中作出停頓。她拉起毛衣衣袖，冷冷地指示他：「拍吧。」

　　時間靜止，鏡頭在顫抖。指頭定在快門按鈕上，不敢留下這一刻。

　　傷口在鏡頭下，花多久都不會癒合。

△

「如果到最後也沒有人答應幫你拍，」安迪放下照相機，坐在石壆之上：「你說，你會放棄這個念頭嗎？」

「不會沒有的。」她只站著，看黃昏走後只留下街燈凋零的光：「不惜工本也要找到一個這樣的人。」

　　他不甘心，繼續追問：「我是說，如果萬一，你開出天價也找不著這個人呢？沒有攝影師的話，你的自殺實錄也沒可能完成。」

「道德、操守和原則，都是能夠買下的東西。」她一邊說，一邊逆向攀上公園的滑梯：「那些人說不接這份工作，不是因為我的要求越過了他們底線甚麼的，只是我開的金額還不夠讓他們放下底線。」

　　沿著滑梯攀到遊樂設施的最高點，她才提問：「我給你付的錢，其實並不多。」她想問的是，你為甚麼會願意接？

他聳肩，回答隨意：「我的原則不怎麼值錢。」

　　拿著菲林來店的攝影師，凡是拍人像，而且拍女人的都會被稱為「龍友」。有次和客人聊起來，他才說其實不少都是女人出錢，聘請他們幫自己拍照。

　　我以前不大明白為甚麼女生都愛被拍，或自拍，但在娜拉身上我似乎找到了答案。

　　她所住的地方是前舖後居，走進房間的第一眼我就被嚇倒。狹小臥室的四面牆都貼滿很多很多、差不多是牆紙一般的自拍照，而相中人正是她自己。

　　一百張照片就有二百隻眼睛，這裏至少有一千隻眼睛直直地瞪著。雖然偶爾都會有女性客人來沖印自拍照，但我卻沒想像過會有人如此著迷，甚至瘋狂。照片下方標示了拍攝日期，一時三刻也找不著第一張到底在甚麼時候開始。

　　我掀起釘在表面的照片，想知道再以前的她是甚麼樣子。一掀就發現後方的前期照片並不是自拍照，而是雙人照。還未看清照片的另一人，她的本意識就在繩子另一端竭力抑止。我沒堅持去看。她在鏡前略略整理儀容，似是要出門。

　　上次在登出她之前，我打算在交友程式替她約會雞排男。在我離開她的意識後，她果然很快就封鎖了對方的帳號，肯定覺得自己是發了甚麼神經才會和這種人交談。

　　我不明白的是她明明都絕望得要倚靠交友程式，儘管那個人再不堪入目，又憑著甚麼本錢去嫌棄這個嫌棄那個。

　　隨她出門，走不了多遠竟然來到時刻銀行。這個舉動讓我不其然生怯。該不會是我惡作劇過頭，讓她察覺了甚麼不對勁，想要找出方法把我從系統中排除出來吧？

　　惶惶不安的我不敢再碰操縱意識的麻繩，直接交回她的本意識主宰。她在時刻銀行門前稍作停留，直至走過我才鬆一口氣。但沒過多久又停下腳步，踏上煙霧瀰漫的梯間。

⚗

　　負責招待的人仍是那名女子，叼住專屬的玫瑰色煙槍。她似乎認得娜拉，沒問甚麼就把她領到空位之上。

「你很久沒來了。」女子對她說，嘴邊飄出幾縷煙絲，仍然好聞。此時門外又有客人，女子趕緊前去應門，抱歉地說今天滿座了。

　　待女子回來，娜拉搭話：「生意很好欸。」女子謙虛地否認，

多虧上次請你幫我看風水，托賴啦。

「但那邊不是還有一個位子空出來？」娜拉指向最遠處一張沒人在座的廂間，被周遭客人吐出來的煙雲淹沒。

女子聽罷，三步併兩步的走向空的廂間，將倒下了的「預留」牌重新豎起。

「有人預約的，」女子漫不經心地回答：「但好一陣子沒來了。」說罷又跑去招呼另一個在座的客人，大喊煙絲燒焦了。

關上拉簾，娜拉熟練地登入時刻銀行的帳戶。用戶透過隨身攜帶的保險匙上載片段，而在電腦登入帳戶就可重溫。

不出所料，她近期上載的時刻大部分都是占卜的片段，而且她有定時刪除的習慣，為了節省空間而只保留近期的。但她專程來到這個地方，恐怕不會是重溫工作用的占卜錄影。

刪除零散的占卜片段，帳戶一下子騰出不少空間。她在意的，都在另一個相簿。

點擊，裏面有數個文件夾，上載年份都是十年以前。文件夾以不同的男性名字命名，裏面的都是他們和娜拉約會的時刻。

明顯這些男性就是近十年來和她交往過的人。她記錄並上傳這些時刻，並按對象和年份區分得井井有條。

這不難理解，像有些男人也喜歡這一類的「集郵」，自己保存還算了，我在沖印店還真的也看過，那個人來取相時還向我眨眨眼，到底想我給出甚麼反應。

抽上一口，整個人旋即酥麻起來，在麻繩另一端的本意識亦隨之放軟。她整個人攤坐在舒適的貴妃椅上，由第一個對象開始重溫。

當時的她三十歲，算不上年輕，但和現在相比就明顯要外向。如果安迪在看的是像《那些年》的青春片，那麼現在娜拉放映的就是《十分愛》之類的系列愛情電影。同一個女主角，似曾相識的橋段，面對不同的男主角還是得出一樣的結局。

從早期幾次的約會錄像來看，對方無論職業還是外表，都是看起來不錯的人。但經過幾年，她約會的次數明顯沒以前多，而對象的質素更是每況愈下，甚至和雞排男相差無幾。

我想她是終於察覺到自己年紀越大、優勢越來越少，追求者也就越來越少的趨勢。以前隨便走在街上也會有人搭訕，現在的她在現實生活中已經無法吸引異性，才絕望得去玩甚麼見鬼的交友程式，説白點不過是年輕人的求偶程式。

人類不會無緣無故沉迷沒有根據的神秘學，而她近乎痴迷地投靠占卦，很有可能是因為被某種問題苦苦纏繞。如果屬實，她所遇上的問題應該就是如她為自己抽到塔羅牌「隱士」所言：**尋找**。她所尋找的是一個對象。

不知道是因為我看過她在房間氾濫似的自拍照，還是因為她殘存體內的本意識影響著我，我好像能夠想像她對於老去的恐懼。

年紀漸長，所失去的不只是時間或樣貌甚麼的。對她或很多女生而言，她從小就習慣享有樣貌為她帶來的優勢。先不說社會上的，光是在文件夾記錄追求者就足以感到飄飄然。

但這種優勢並不永恆，而是有限期的。年華老去，追求對象和想像中的出入越來越大。她和那些流連煙館的人都一樣，苦苦依戀過去的風光，結果到現在還是孤身一人，寂寥地躺在貴妃椅上，抽著各種藥劑麻醉自己。

在這刻，我竟然有點怕她會變成另一個我，孑然一身在小店老死也無人知曉。

海量的自拍照片和時刻銀行的片段都一樣。她想抗逆時間，卻忘了那些好處都是青春所給予她的。說年輕或老去，這回事其實最公平。每個人都年輕過，而且都有期限。

　　來到這刻才發現，娜拉的生活也許不是我想要的，偷取亦沒意思。現實點說，我只是個捨難取易的普通人。乾脆就找方法讓她放棄系統，留在威廉或安迪的身上，似乎會輕鬆多了。

　　她使用系統的最大原因都是寂寞難耐，才會老是跑來煙館沉溺以往約會的時光。如果我能夠為她找到一個穩定的對象，最好還是終身伴侶，她就不再需要靠重溫約會時刻來榨取溫暖，自然不再需要時刻銀行。

　　然而現實的我就算再不擅交際，也知道求偶程式或婚姻介紹所都絕對不是她要去的地方。道理很簡單，你說寶藏會不會藏在一個寫有「內藏寶物」的洞窟？

　　第一件事，我替她刪除了求偶程式。在店裏見得人多了，自然能汲取新的想法，只是到我有這個能耐的時候，這把年紀已經不容許我付諸實行，可是娜拉不同。作為女性，她僅餘的本錢比我全部的本金還要多。

　　然後我在她平日瀏覽的占卜討論區看到今天恰好有個聚會，歡迎各界職業占卜師出席交流。橫看豎看，這也比求偶程式要靠譜得多。

多虧抽過煙槍後，她的本意識一下子還未恢復過來，輕易搶過控制權的我直接帶她離開煙館。占卜聚會舉行的地點在一棟唐樓，得乘舊式的電梯才能到達。電梯狹小，喀喀隆隆的發動起來。

「小姐，請問你要到哪一層？」一名站在電梯按鈕前的老伯問。老伯頭髮稀疏，戴著金絲眼鏡，矮小的身材似是按不著更高樓層，這一切的形象都在惹人聯想起《老夫子》的大蕃薯。

回答後，大蕃薯老伯詫異地回頭：「三樓不是那些邪教之類的地方嗎？」

「我都不明白，為甚麼要到那種地方去？那些龍蛇混雜之地，我向管理處投訴過好多遍，都要他們搬走了。」他搖頭嘆息，又問：「對了，你有讀過十誡嗎？裏面說，除了耶和華以外，你們不可有別的上帝……」

說到這裏，我只想電梯快點到達目的地。而寶麗萊白光總會在最不識趣的時候出現，還未來得及讓老伯閉嘴，我已經隨著「嚓」的一聲，跳轉至一個喧鬧的現場。

那是威廉舊同學的婚禮。

一個男人跌跌撞撞的走來，威廉馬上前去攙一把。婚禮才不過一半，這位舊同學已經喝得滿臉通紅。

「上次見面不就是你結婚，」只是還不算爛醉，說話仍殘存意識：「原來有三年了？」

威廉點點頭，隨口寒暄，言談間舊同學慢慢清醒過來，開始抱怨妻子為女兒挑幼兒園的執著，嘟囔著反正哪裏都一樣吧。

「對了。我看到茱莉亞的社交網站，」話題好像轉得突然，舊同學小心翼翼地問：「沒問題吧？」

「沒事，」威廉聳肩，大概也不願將家裏的事擺到飯桌之上：「總有一天我得告訴她。」

舊同學也意識到不該再問下去，把話題轉到婚宴之上。燈光下觥籌交錯，看久了似是多重曝光一樣暈眩。

婚禮大排筵席，他們坐的位置離中央台頗遠。新人的樣貌模糊不清。

「想不到最後艾美會和阿明在一起。」舊同學指的應該就是一對新人：「我們都以為，你畢業後會去追艾美。」說罷，他掏出紙巾悄悄遞向威廉，我才明白這麼「阿牛」的劇情是甚麼一回事。

「我結婚的時候，她也沒來。」威廉說得淡然，背對舞台的歡騰。不忍看見，卻偏偏要開啟上傳，記下她最美的一天。

舊同學盡量把話輕輕帶過：「她大概很失望吧。」

「別說了，」威廉又給舊同學倒了一杯紅酒：「找天喝酒吧，反正我們住得近。」

舊同學連連點頭：「真的啊，明明都住附近，怎麼一直沒遇上過。」

舊同學一言驚醒夢中人，威廉、娜拉和安迪三人的關係一直讓我苦惱。如果能讓他們遇上，說不定找到他們有著甚麼關連，就能知道我會困在三人之中的原因。

婚宴來到尾聲，威廉一直悶悶不樂，開始質疑自己是否真的能熬過這晚。而眼見在這裏待著都不會對我被困的事有甚麼進展，我決定帶他先行離開。大夥兒都忙著合影，趁這刻溜走該是最不會被發覺的。

「這麼快就走了？」結果往往在最不適合的時候，被最不適合的人逮住。

近距離看，新娘子的妝容已經融掉不少。但在威廉眼中，帶

不帶妝，她都是在課室的艾美。

威廉不知如何回答，因為想走的並不是他，只是我的意識。靜默太久，當中的空氣凝固起來，在一片歡騰中更來得尷尬。最後還是艾美先開腔，就像開學禮那天，都是她來找威廉搭話的。

「茱莉亞的事，我聽説了。」她和舊同學都説著類似的話，一樣含糊，但威廉似乎都能明白。

和艾美説話的時候，我感覺到他的心臟像沸水裏跳騰的水點般，一直跳得很快。但言談之間，那種沉重大得連窩囊地躲在意識後的我也感受得到。

他雙手插袋，同樣不打算就這個話題再説點甚麼。臨走前只對她説恭喜，你要當上最快樂的新娘。

離開的時候已經不早。一天還沒有其他人開啟上傳的話，我就得待在威廉身上。威廉的本意識沒有回家的打算，反而獨自到了海邊喝悶酒。

可能是傷心的人比較易醉，但他的酒量居然是如此驚人地淺，喝不了多少就整個人倒臥海濱的長椅。旁邊只有零丁的兩個啤酒

罐，餘下的四罐還在盒裝原封不動，被路過的人側目連我也感到丟人。

我嘗試拉扯掌控意識的麻繩來試探他的本意識是否清醒，一如所料沒有反應，我便萌生起回去沖印店的念頭。

回去既不打算開門營業，也沒有別的事可做，可是我是單純的想要回去。始終地方待久了，漸漸培養出像人一樣的情感。

雖然在這裏接待客人很多，但我很清楚這種掛念的情感是單純出於對這個地方的熟悉和歸屬，而非任何一個來過的人。

可能是錯覺，在晚上時間好像流動得比較快。唯一的解釋是因為世界靜了下來，我們更能感受到時間不停歇的起伏流淌，有時候帶著迴旋，但終歸還是沒有一刻鐘留下來。

很快我們回到了沖印店。我吃力地讓他蹲下，翻找地氈下的鑰匙。還好他的本意識還是醉醺醺的，不會記得自己潛入過這間無人問津的店舖。

沒人打理的店面又頹靡了不少。這次回來主要想替自己的軀殼簡單梳洗，畢竟除了我本人以外，還有誰會來看我一眼。

當我以為這已經夠可憐的時候，上天以現實來告訴我原來還

有更可憐的事。

我的軀體不見了。

找個天馬行空的說法，也許是我的意識脫離本體太久，軀殼像長期缺乏營養的植物一樣萎縮枯竭，但也不至於灰飛煙滅。換個現實點的看法，就是被一直看不過眼的鄰居投訴傳出惡臭，報警給處理掉。反正這種死狀也沒甚麼可疑的餘地，不值新聞的一隅。

離開沖印店的時候，我突然有一種失去了甚麼的強烈感覺。此刻，我想我和失去艾美的威廉是同步的。

　　本體消失後，我更著急去找出永遠留下的方法。因為我已經沒法回去，除了留在他們的軀體，主宰別人的意識苟且存活，根本別無他法。

　　我以為換個人生等同歸零，成功失敗機率參半，我至少可以賭一把。但原來當我放棄本體，剩下的所有都在指向失敗。

　　安迪的上傳指令讓我再度跳轉至他身上。日子漸長，我開始摸索到各人上傳的原因，漸漸亦不怎麼驚喜。無緣無故遇上揚言要自殺的少女哈蕾，安迪的人生似乎就此和這件事分不開。

　　至於遺書的事，生活上也沒遇上甚麼不妥當，我是早就當作笑話軼聞，卻從來沒有擱下的。

　　這天哈蕾遲到，他在上次見面的公園等著。光等無聊，他想起了她爬過這道滑梯，站過遊樂場的最高點。他好奇她看過的風景，躡手躡腳地爬上去。除了不習慣這樣靈敏的動作，也怕撞壞照相機。

　　我替安迪沖印相片多年，見過他拍建築、拍路人、拍山拍海拍貓拍狗，只是從來不拍這個小區以外的景物。

　　他站到高處，景色沒震懾到我們，但安迪沒有吝嗇菲林，還是咔嚓記下了。

也許他在這個角度，看到我所看不到的珍貴事物。

入黑前，她傳來了短訊，內容只有一個地址。安迪和意識後的我都不解，她再補上一句「速到留影」，他才帶著滿滿的未知全速奔走。

地址指向鄰街的一個小巷，位置精確得執著。天色漸黑，燈光昏暗，要找到也有一定難度。而他能及時來到也是多虧小巷傳來不尋常的雜聲。

夜晚的巷口格外難辨認，野貓在最深處的旮旯蜷縮一角。飛馳而過的車燈一灑，他才頓覺牠額上的毛髮根本不是甚麼時髦硬朗的髮型，而是明顯被剪過的。

野貓被成黨成群的黑貓包圍，貓說著安迪不明白的語言，只用利爪說話。

換著平日，安迪肯定不敢看，但目擊這一切的他沒有別種做法，空白一片的頭腦只能記起她留下的指令，於是他躲在垃圾筐子後，咔嚓。

小巷的時間是靜止的。這裏藏著最骯髒的事，而壞事是很難來到終結的。

黑貓們逐一散去，被優越感成功感認同感撐飽了肚子，滿載而歸。

　　安迪走近野貓，牠恍惚的眼神甚至還未恢復過來，劈頭第一句就問安迪，都拍到了嗎？

　　「你上次讓我拍那些，」貓抓痕，他咽下唾沫不敢說，故意一瞥她藏在毛衣下的手臂：「也是她們？」

　　「很多，都是我做的。」她這才倚著牆壁爬起，拍拍衣裙的灰塵：「但在你的鏡頭拼湊下，都會變成她們做的。」

　　安迪很有可能在這刻才察覺到自己在她計劃下，原來只是一個被這樣利用的角色。

　　「還有很多方法可以制裁她們。可以告訴學校，甚至報警。」說罷他也意識到自己說的話有點無稽，像永遠活在烏托邦的教科書。但他想強調的是，你不需要這樣復仇，以自殺來復仇，不需要做到這一步。

　　「這個社會很善忘，比你和我想像中更要善忘。用墨水寫的字，沒人會看。用血寫的字呢，至少也能讓人討論個兩三日。」

　　她說，現在每段新聞最多也只能新個兩三天，不要貪心。世界

不需要記得我，只需要記恨她們。聲討她們的時間不長也不要緊，我很明白，傷害是一輩子的。

在開始的時候，任誰都會用盡所有方法來掙扎求存，但過了某天，這一切都變得沒關係。

那天其實沒特別事發生過，也沒有人知道那天是哪一天。只是在某個界線前，她還會渴望回到以前，只要回到起點還可以重來。

只是一旦越過某條界線的某一點，自行走向終點會比較快。

「這個計劃就是你所説的復仇？」安迪試圖用堅定的語氣説服她。

「如果我説是，你還願意拍嗎？」卻換來她更堅定的回應。

安迪這才發現，她一直讓他在生活中抽取最痛苦的一面，放到鏡頭中壓縮蒸餾，她想把自己釀成一支最嗆喉的酒。他曾有過一刻疑惑，她難道不怕嗎。但馬上就想通了。她怕，當然怕。所以才要在公開一切之前死去。

他開始懷疑，相集公開後的重量真的是他能夠承載嗎？

我站在他的意識後看戲，像我以前在店裏也是這樣從別人的照片找樂子，在《模擬人生》看到不喜歡的角色遭逢不幸總看得不亦樂乎。當然，這種快樂建基在他們都是假的前提下。

但黑貓再可惡，她們的人生都不是模擬的。

此刻我想我們大概在質疑同一個問題：罪孽再深重的人，是否也有權利選擇贖罪的方式？

我會質疑，我們都會。

因為社會的大多數人都當過惡人。如果只是程度之別，又何以有善惡之差？

她倏然捉住安迪的手，拜託他的眼神無比誠懇。她幽幽地說：「我只能死一遍。」

所以，我想這花開得燦爛點。

「你在嘗試以另一種暴力來對抗暴力。」安迪搖搖頭，始終想不明白從何時起，以暴易暴變成了一種選項。

「也許長大後，」假如他能說服她待到長大的一天：「回望就會發現這件事根本不值一提。」

我在旁觀的立場上不同意。時間可以淡然，但不能忘記。「多或少」是感覺，但「有或無」是現實。誰都騙不了。

安迪沒回答，她知道自己需要更費力氣來說服他：「如果我告訴大人們，他們只會覺得是小孩子的玩意。真的，不過是孩子間稀鬆不過的打罵吧。

我怕待我成為了大人，我也會像這樣認為。不過要是連我也這樣想，那麼誰還會來幫這時候的我？」她說她好怕有天醒來變得麻木，像大人一樣。

再不能忍耐的都可以笑著說沒問題，然後用包容和原諒等等等等見鬼的理由作荒謬的麻醉劑。雖然同是麻醉，但大義凜然的言辭，比起煙館的煙槍更要荼毒人。

「失去很可怕，你懂嗎？」因為她堅信長大會讓人失去某些觸覺和想法，大概就是大人常說的，磨掉棱角。

聽到這一句，他才恍然大悟。在我看來，兩人談了半天，此刻才第一次接通。

他似是附和，又在自言自語：「尤其是不知何時失去，最可怕。」

她點頭，所以我才選好日子跳下去。

　　他問是哪一天，口吻像朋友約下午茶一樣平素。她選好了本月二十四號，假若天氣好的話。

　　依計劃行事的話，這本相集會是世界在失去她後，唯一能留下的憑證。

　　「那你呢？」哈蕾突然問安迪，讓他措手不及：「我想問很久了，你又為甚麼不去上學？」

　　我不知道安迪後來有否答應繼續幫哈蕾完成相集。才走開一天半天，塔羅師娜拉又出了狀況。

　　本來我計劃讓她參加占卜師聚會，藉此好好結識對象，讓她再沒有留住昔日約會片段的需要。再次登入她已經是一星期後的事，而她所在的不是位於三樓的占卜聚會，而是同一棟唐樓的二樓。

　　「今天非常非常感恩，」我認得他，是上次和娜拉同一部升降機的大蕃薯老伯：「娜拉姊妹在上星期認識我們後，今天回來參加我們的崇拜。」

　　回過神來，娜拉已經坐在圓圈之中，彷彿毫無違和地成為了弟兄姊妹的一員。

　　那次我突然跳轉，居然造成了這樣一個麻煩。在座的人都在全神貫注地聽大蕃薯老伯說話，讓我感覺他是個德高望重的人，但只限於這個圓圈中。他向在座的人簡介娜拉，又說起如何把她從占卜聚會那邊拉攏過來。

　　「娜拉，你相信是祂把你帶來這裏嗎？」大蕃薯閉眼，作手勢示意眾人跟他一起閉眼感受：「就像有一股無形的力量，祂在跟你說話，給你感召。你要找的地方就是這裏。」

　　娜拉一時不知所措，雙眼半睜不開，顯得相當彆扭：「我……

我的確有種強烈的感覺。或者說，我的確感覺到是有人把我帶來的。」她說得遲疑，但我很清楚，她所指的「有人」不是祂也不是誰，只是我作為外來意識的入侵。

「我知道你以前的職業，但你不要感到介懷，」大蕃薯故意不說出面，包裝得細心：「你只是有點迷失。」

瞬間成為被談論的焦點，人前的娜拉和人後的我同樣感到難堪。我知道與我無干，可能只是有點太敏感，或者在他們體內待得太久，難以抽身。還好有人來拍她的肩膀，才把我們從目光當中拯救出來。

從這人的舉止和娜拉的反應，我想他十居其九是她的熟人，而且是她這刻的救星。

「秦先生？怎會在這裏見到你。」聽兩人來回幾次對答，很快就得知秦先生是與娜拉分租的戶主，不時都會聯絡見面。

「我每星期都有來教會的習慣。」他自嘲說，孤家寡人一個又有哪裏可以消磨掉假期。先不探討突入的秦先生和圈中的大蕃薯有著甚麼關係，秦先生一副殷實的樣子，和漫畫裏沒兩樣。

「差點忘了，上次真麻煩你幫我維修電腦。」娜拉這樣一說，我馬上從本意識手上奪取控制權：「不如——我請客吃飯，當是答謝你

吧。」

　　此話一出，娜拉的驚訝程度肯定不亞於秦先生。他顯得有點愕然，但推卻始終太不識時務，兩人最後就在教會附近的咖啡店坐了下來。

　　兩人談天說地。秦先生不像其他人，待塔羅或之類的事像瘟疫一樣得而誅之。雖然毫不熟悉，亦在認真向娜拉討教她的工作。

　　直覺說他們能夠合得來，至少娜拉也不討厭他，我想。因為從她的帳戶看來，對上一遍和異性約會已經是半年前的事。

　　「介意我冒昧問一句，」秦先生沒等他點的冰美式咖啡來到就問：「你……有使用時刻銀行吧？」

　　娜拉下意識縮縮手，面對已經有答案的問題，她也只好點頭。其實我也不知道她在介意甚麼，用戶對此的取態都迥然不同。

　　像安迪他就很樂意向我介紹分享；娜拉的抗拒大概是出於自我保護意識的一點彆扭和尷尬；威廉倒是奇怪，利用系統記錄家庭生活本是平常不過的事，卻從來沒聽過他向妻子茱莉亞說起，而且刻意隱瞞偽裝成球會紀念鑰匙扣的保險匙。

　　「這些新科技，真的如他們所說般靠譜嗎？」秦先生追問時刻銀行

的事，竟讓我產生他在試探的錯覺。莫非是我最近太常登入娜拉，自我保護意識也隨她的本意識增長。

他欲言又止，還是按捺不住補充：「我說，科技走得太前始終有風險。」

娜拉根本沒心情喝，只是象徵式拿起又放下：「說起來，我在使用的時候的確感覺到……身不由己，又力不從心。」

她甚至沒留意到自己拿錯了他的冰美式咖啡：「想法和做法，好像產生了斷層，隔著一個接駁不了的絕緣體。」她所指的全部比喻，都不過是我入侵她的主意識所造成干擾。

「抱歉說了那麼奇怪的話，」她在空氣中用力擺手，想形象化地把這個話題一掃而空：「秦先生你也是用戶嗎？」

「沒有，沒有，」秦先生嗆到咖啡，咳嗽不斷：「只是，覺得，很有趣，所以，就隨便，問問。」

她笑說：「啊，是的呢。總覺得你是戶主，經常忘了你的正職是在科技公司工作，難怪會對這些新科技感興趣。」

看來兩人共同的話題快要耗盡，不時浮現尷尬的沉靜。

娜拉撥弄頭髮掩飾窘迫，秦先生努力想出話題：「下星期的平安夜聚會，你會來吧？」剛才聽大蕃薯提及過，這似乎是教會中一個很重要的日子，多番提醒眾人出席。

　　娜拉點頭，戴有紅寶石指環的左手好好藏在咖啡室桌下。

威廉這次的上傳來得相當突然。顯影尚未完成，各種清脆的碎裂聲率先傳來。

茉莉亞身在廚房，把杯杯碟碟、能摔壞的通通丟到地上，此刻威廉應該後悔把廚房改成了開放式。

我不明白為何要在這個時候開啟上傳。他攤坐在偏廳的梳化，心不在焉地看著沒營養的賽馬報道。

真皮的氣味特別好聞，只是客廳梳化一個人坐的話會顯得空虛太過。

孩子阿英披著毛氈，把它當成一個帳篷蜷伏在地。

茉莉亞發怒的原因不明，廚房像下雨一樣的破碎聲漸漸遏止，然而沒有放晴。這副模樣和我第一次見她的時候判若兩人。她的舉止讓我再次想起舊同學們對威廉說的話。

「阿英住院的時候，」茉莉亞終於開腔，抽搐的語調可能是生氣或接近臨界點的哭喊：「你為甚麼不來？」

「我在上班。」威廉任職督察，但我從沒在他工作的時候登入過。不過也對，會有人花費容量記錄刻板的上班日常才怪。

茱莉亞連哭帶罵，隨手就撿了一件雜物丟向他：「他是我們的孩子。」

「他只是你的孩子。你知道的，」威廉靈敏地躲開，語氣卻絲毫沒動容：「一直都是。」

威廉和茱莉亞的事情太衝擊。本來以為讓威廉放棄使用系統應該比較容易，殊不知原來我連他使用系統的原由都沒搞清楚。

事實上比起娜拉和安迪，我登入威廉的次數最少，對他的認知原來亦很片面。只知道他不知為何和茱莉亞成婚，亦不知為何要忍受阿英。最不明白他既然不滿，為甚麼又要在這個家裏記錄一切。

還未來得及梳理接踵而來的煩惱，白光襲來，新一張寶麗萊又開始顯影。

——嚓。

眨眼間，我又回到安迪身上。這樣也好，我想年輕人們的世界會比較簡單。

趁週末無人，他和哈蕾約好去她的學校取景拍照。

「如果想表達你的控訴，這個場景最好。」看來安迪還是被哈蕾說服，答應幫她完成相集。

哈蕾噴的一聲，逕自走去，把安迪丟在鮮有平靜的操場。

「春。」安迪只說了一個字，她就回頭。

「你喃喃自語的在說甚麼？」她不耐煩的問。

「春，春天的春。」他看著冬季凋零瘦瘠的樹椏：「哈蕾，はる（Haru），在日語裏是春的意思。」

她囂張地反問：「所以呢？」

「留到春天就會有好事情吧。」就如十六年前，你來到世上一樣美好。你的家人肯定是這樣想的。安迪屢勸哈蕾放棄尋死的念頭不果，轉打溫情牌依然如是。

「到底你肯告訴我沒有？」哈蕾不想再糾纏於同一個問題上，反正能拿主意的人只有她。

對於安迪，她有個一直很想得到的答案：「為甚麼你老是很閒似的？不用上學，也不像在上班。」

哈蕾的推斷沒錯，我認識安迪以來都沒見過他穿校服：「到底每天都在幹些甚麼啊？」

他深深呼吸，開出條件：「你答應不以這種方式報復的話，我就告訴你。」

哈蕾擺手轉身：「算了，拉倒。」

安迪拿著鏡頭，躺的趴的試取不同角度，很有攝影師的風範。最後哈蕾提議，到天台吧。他拍走沾在身上的灰塵，隨著她走。

自從看她喜歡攀上遊樂場的最高點，他就有種直覺知道她要選擇如何了結。

「喂，」一口氣走上八層樓的哈蕾毫不氣喘，邊走邊對他說：「下星期平安夜，記住留給我。」

本來上氣不接下氣的安迪一下子臉都漲紅，氣喘吁吁也竟忘了呼吸，她才斥道：「不是說過嗎，我想挑在那一天作結。」

她補充，你要來幫我拍最後一張照。說罷，她伸手撫弄他掛在頸上的純黑鏡頭，一臉嫌棄的說它太冷了。我想你用眼睛代替它，看著一切結束。

兩人同坐天台邊沿，雙腿踏空。在空氣間撥動的動作讓她想起了自己小時候學過游泳。

　　她瞇著雙眼，遙指遠方的社區中心，說某年暑假，自己就是在那裏學會游泳的。

　　「真羨慕你，」安迪搭話，雙腿模仿她的律動，節奏漸漸統一起來：「我沒游過泳，好想知道是怎樣的感覺。」被水包圍是熱還是冷，他好想知道水在耳邊流動是甚麼聲音。

　　「暑假我來教你吧。」哈蕾補充，冬天下水就太冷了。她見安迪久久沒答話，才驚覺自己脫口而出，好像說了些不得了的話。

　　她強裝冷靜，在空中撥水的節奏亦亂了下來：「我說過這次付你的酬金不多，就當賒賬──下輩子把餘款還給你，我有好好記住的。」

　　「對了，讓我看看相片。」她想儘快轉個話題，一手搶過了安迪掛在脖子的照相機。她左按右按，不時放大：「想不到你拍得挺好。」

　　「平安夜你想去哪？」安迪說話別有用心：「你改變主意的話，我們去逛街吃飯也可以喔？」

「我想去白露樓。」了結的地點其實亦意味著了結的方法，安迪果然沒猜錯，從她站上遊樂場最高點的一刻起，他就有著這樣的預感。

他收起勸告的說話，怕惹她討厭，改成問她為甚麼要選那麼遠的地方。

白露樓是位於對面岸的一個公共屋苑，也不算特別高。我能理解安迪內心浮現的詫異和不安，因為他拍的照從來都在我們區，原因不明。這次她讓他離開小區，他在心底同樣不情願。難道在不熟悉的地方操作快門，也算跳出舒適帶嗎？

「那個人就住那裏。」安迪曾經聽她說過，那個人是指帶頭欺凌的人。她還說，已經查好坐向，墮下的時候，我要經過她的窗前。

⚗

他們討論過關於仇恨的問題，他問她記恨那麼多人會不會好累，她反罵他偽善，裝作善良的人比壞人更可恥。

「連自己的憎恨都不敢承認，這樣做人太可憐。」她有說過，其實她能理解後來的加入者，所以她真正記恨的只有一個人。每堵高牆數到最初，都只是一塊塊零散的磚頭。要是沒有人在意高度，這個世界是不會有高牆的。我肯定，她說得無比堅定。

聽到這裏的安迪有那麼一刻懷疑過，她故意原諒一大半人是想讓自己聽起來比較理智。

　　她喃喃自語，我從高牆跳下來摔破以後，她們會找誰來當新的雞蛋呢。好想知道。

接下來幾天，安迪大多時間都留在家裏整理照片。

他曾經聽過「重複曝光效應」。照片多重曝光，可以造成不同影像互相交疊、虛實難分的效果。但這個曝光效應與攝影上的曝光技巧是兩碼子的事。

「重複曝光效應」是一種心理現象，泛指人類傾向會對自己熟悉的人事物產生好感。「重複曝光效應」的曝光是指「出現」。基於熟悉感，出現次數越多，越容易產生正向感情，由物件到聲音氣味到人如是。換個不這麼浪漫的說法，也可以理解為「習慣」。

他每天都在整理替哈蕾拍下的圖檔，她的臉閃現過後徐徐沉澱，又重新浮現、呈現、湧現。翻頁是她，前一頁是她，每一張都是她。看久了她的五官甚至開始瓦解起來，像我們瞪著一個中文字，看久了也會將筆劃分拆得很陌生。

他這才發現哈蕾的眼睛像他在旅遊節目看過的小鹿，受傷而緊抿的薄唇像日式摺紙。啊，高挺的鼻子是有點像安迪過世很久的爸爸。

另一邊廂，娜拉不知是被大蕃薯還是十誡說服了，沒再幫人占卜。多出來的時間無處可用，有時她會和秦先生一同替教會的相關機構做義工。

隨著兩人走近，娜拉開始上傳和秦先生外出的時刻，她到煙館翻看往日片段的次數已經越來越疏。

事情正依著我的計劃走，同時我亦在默默盤算甚麼時候帶她到時刻銀行終止戶口，讓我不會再跳轉至她身上。

只是威廉那邊的情況有點棘手。

我再次回去的時候，偌大的客廳雲時變得又大了一點，卻說不出少了甚麼。

茱莉亞坐在偏廳的一角，眼眶紅了幾圈，誰也不看誰一眼，無言的指罵似在空氣間糾纏不息。

威廉偏喜歡在這些時候才啟動上傳。

比起擅於流露情感的娜拉，和她的本意識共處時，很多時候我都能讀取她的想法，一部分吧。

也許威廉作為督察的職業傾向使他防範意識強烈，即使我潛進軀體也搞不清楚他到底在想甚麼，更何況只是枕邊人的茱莉亞。

叮噹。

門鈴在不適合的時候響起，但兩人似乎毫不意外。

門鈴又響了一遍，茱莉亞雙手埋頭，像築起圍牆，把自己和這邊的世界遠遠分隔。威廉見狀，前去應門。

幾個穿著制服的人員提著手提袋，大概是大大小小的工具。其中一人開腔：「寵物善終。」

「請進。」威廉遙指客廳一隅，阿英愛玩的毛毯鋪在地上，正在蓋住甚麼：「就在那裏。」

工作人員動作俐索，略略檢查後詢問可否替牠除下毛衣和襪子。茱莉亞不忍再看，威廉點頭說好。

卸下兒子的戲服，工作人員說頸上的鈴鐺可以保留。威廉說也不要了，一併拆下吧，讓牠舒服點。束了一輩子，甚麼都夠了。

就在解開鈴鐺的那刻，在威廉眼中牙牙學語、走路跌跌撞撞的「阿英」，變回一隻毛色漂亮的短毛貓。

茱莉亞待門關上，靜靜坐到威廉身邊，伸出過份瘦削的手。我以為她想牽一下他，直至她奪去他在手中一直把玩、閃亮的球會紀念鑰匙扣，淡然地說：已經夠悲傷的事，就不要再記下來重溫了。

　　原來她早就發現威廉瞞著她使用系統上傳，只是因為某種原因而沒識破。阿英走了，也再沒有為任何人而掩飾難過的理由。

　　他前所未有地坦白，只是不知如何面對因不孕而思覺失調的太太，和她想像出來的兒子。

「加入時刻銀行的原因，是在阿英來的時候我常常需要重溫你說的話，努力記住模仿。

比如說貓糧買回來就要放進嬰兒食品罐，你最怕看見貓糧和魚罐頭的包裝袋。我生怕說錯了甚麼就會捅破你苦心經營安慰自己的戲碼。

直至有天我發現，開啟上載的時候我好像變得有點不同，有人在聽我說話，作出一些我沒想過的決定。

我頓時覺得一切都輕鬆多了，即使我又做了甚麼說了甚麼惹你發瘋，也有個人——或者他從來不是一個人，只是一個意識或鬼魂或某種靈性，但我感覺到它在聆聽，然後為著我思考。

從來不會有回應，卻會在某些時刻蓋過我的想法，作出另一些行動。雖然這些行動大多都很無聊，只是帶我在街上隨便逛逛，但我體內，好像住了另一個人。

一個很像我，卻又不是我的人。」

威廉沒說出口，就像他夢寐以求的親生孩子。

房間靜默，再沒有阿英在玩鈴鐺的聲音。街上傳來歡呼，吵鬧間隱約聽到行人大喊：聖誕快樂。

指針剛過十二。附近教堂傳來沉穩的鐘聲，心頭隨之一頓。

我竟然忘記了那麼重要的事。

平安夜晚，安迪要和哈蕾見最後一次面。

只是……為甚麼我會沒跳轉？

12 ——— 8

定影一刻

12

接下來幾天，我亦只在威廉和娜拉兩人身上跳轉，無論如何亦沒有跳至安迪。他每次和哈蕾見面都務必開啟上傳，沒可能在平安夜當晚都不跳轉。

思量過諸多可能性，我一度懷疑是安迪放棄了時刻銀行的使用權限，所以我才無法再跳轉至他。

這是我最不想發生的情況，相比起來我最希望能留在安迪的軀體生活下去。畢竟娜拉和威廉來到這個年紀，也開始逐漸失去不同的東西。安迪則不同，他還年輕，世界簡單得多。

可是安迪的使用率一向高，也不可能無緣無故放棄時刻銀行的戶口。三人雖互不相識，我也曾經想過借用兩人的身軀去找安迪，可是無論如何也找不著他的聯繫方式，就連哈蕾也因為不是真名而沒找上。

以往太常登入安迪，無法跳轉至他後，我待在威廉或娜拉身上的時間就明顯長得多。威廉大多在晚上開啟上傳，以往通常天還未亮，我就會被登入至另外兩人。

這才是我第一次經歷他的工作，原來也沒想像中般清閑。就像這天，他剛回去就接到通知要外出。臨行前，隱約聽到身後的同袍討論著這起案：「都六十多歲了？這把年紀才鬧自殺，好可憐。」

　　我們到達事發單位，有點眼熟，我好像在不久前才來過這裏。不待我細想，先到達的同袍捉住我們簡述案情，說住在這個單位的婆婆企圖跳樓，談判專家正趕至現場。可能在這個小區圍城，悲劇多得開始習慣，就連談判的專員都太忙碌。

　　我有點懷疑，活了大半輩子的老婆婆傷心得企跳，即使被說服了不要尋死，今天讓她決心死去的原因日後也只是磨折。

　　我代入威廉，穿上制服、臂上有徽章的感覺很是飄飄然。同袍一邊講解已知的資料，一邊將證物傳閱。

　　唯獨這一件，我不敢接過。

　　別看。

　　大腦一下子無法運作，我也不知道被嚇得結結巴巴的人是我還是威廉本人。

　　不要看。千萬別看。

　　有人說過，如果撿到自己署名的遺書，千萬別看。

　　這是安迪早就預視到，那封屬於自己的遺書。

個多月前，安迪來我的店說起這事。我還說不可能。接下來又因為他遺下了保險匙而讓我錯誤墮入上傳系統，不停在三人間跳轉，我差點就忘了遺書這回事。

直至眼前正正就是他所說的一幕。

他為何早就撿到這封屬於未來的遺書？

同袍說，老婆婆的兒子前幾天死了，還很年輕。老來得子再老來失子，大概是這樣觸發到她想要跟著尋死。旁邊的人難掩可惜，紛紛搖頭，展現不知孰真孰假的同情心。我對自己沒去堆砌光環沾上一點自豪，反正搖頭嘆一口氣又不花錢。

「安迪……」情急之下我差點說溜了嘴：「她的兒子，也是自殺？」

「不是的。」負責的同袍說出重點，雖然有遺書，但他是病死的。

旁邊的人插嘴，語帶質疑：「病死的話，又怎麼可能有遺書？」

「剛剛查到他是長期病患者。家族遺傳的，患者最長都活不過三十歲。老婆婆曾經也有一個大兒子，亦因為這個家族病很年輕就死了。」

威廉搶過文件夾，草草看過就合上：「我知道。大兒子的案件我有參與過。」

「這個病是先天性，他自己早就很清楚，」他接著說。經歷過兩遍，怎麼就好像來得很輕易。

所以安迪不用上學又不用上班，整天都不知在幹啥的。其實每天都在忙著倒數。

連腕錶都要選單指針的他，最怕趕時間。

說罷，同袍走向單位內一個房間，伸手去取藏於書櫃最頂的一個小紙箱時，險些被房間雜亂的書本玩具絆倒。雙手捧住紙箱，他不耐煩地用腳掃走散落在地的雜物，其中一個玩具掛飾還吱吱喳喳地發出鐳射槍的音波。

「箱裏面還有幾封，內容一樣，只是日期不同的遺書。最合理的推測，是他幾天前就知道自己應該差不多了，所以每天睡前都寫一封放在枕邊，是好讓自己不要死得不明不白吧。」

我在威廉的心底暗笑，他不過是一向話多。

在沒考慮到高端科技帶來的可能性下，他說撿到自己的遺書我自然覺得荒謬。可是到了現在，謎團其實仍然未解。

他預見這一幕的時候，大概是一個多月之前。雖然一直抱恙，那時身體狀況還未每況愈下，他怎麼可能預視到自己將會寫遺書，甚至知道死期？

當然也有可能是他被那場「夢」影響到，所以才會萌生自己也來撰寫的念頭。可是連日子都準確預視到，就肯定不是既視感或自我實現預言之類能解釋到的。

疑團固然未解，但這次得到的資訊卻釋除了很多其他我對於安迪的不解。就比如說他甚少離開這個小區，是因為始終不能離開熟悉的醫院太遠。發不發病就像在體內埋下了炸藥，每刻在賭會不會爆炸。好運的話，還有明天；不好運的話一生就這樣了，連好好道別的機會都沒有。

安迪的母親攀上陽台，狹小的房子擠滿了前來救援的人，他的家應該從未如此熱鬧過。遲來的我被擠到很後，離遠僅能看到背影。他的母親大概還要長時間工作，即使我長時間登入安迪，也沒遇到過她。

談判專家遲遲未到，我往安迪的房間走了一趟便藉詞先行離開。帶著另一個人來到現場時，談判專家仍然忙著處理上一起新移民因福利不夠而鬧上吊的個案。

我讓哈蕾跨過安全圍繩，走到陽台跟安迪母親獨處。

二十四號那天，陽光像她的名字一樣普照大地，她仍然在。

收隊後，我留下來和哈蕾談了一會。

自從沒能跳轉至安迪，這是我第一次再見她，當然不再是借安迪的軀體。之前她被剪得又碎又疏的髮腳已經長回不少，看起來自然得多了。

面對我作為威廉這個陌生人，她一貫直率：「我想知道，你為甚麼會知道我是安迪的朋友？」

那刻我好想回答，因為我也是安迪的朋友。但一想到我明明千方百計的想留在他的軀體，偷走他的人生，便把話硬生生吞回去。更何況此刻我正在威廉的身上，說認識安迪絕對會讓她起疑。

我保持緘默，不給出一個答案。我想威廉的本意識也很奇怪，自己那刻為何會靈機一觸去翻找安迪房間的電腦，從聊天紀錄找出哈蕾的聯繫方式。他大概只會歸功於作為督察的敏銳。

她很識趣地轉個話題，說感謝我通知她。不是這樣的話，她會永遠以為安迪在平安夜爽約，而不是不能來。

以威廉的身份說話不方便，我只好雕琢出問題引導：「你們，在平安夜約好要去哪嗎？」

「白露樓天台。」哈蕾不具疑心，仍舊坦白直率：「他來了的話，

我可能真的會跳下去。但他始終沒來，那時我就覺得今天絕對不能就這樣死去。」

還和我說，她跟安迪約好了，要有他看著才可以死。

「所以，我只得遵守這個約定了。」我不能讀懂哈蕾的苦笑，直至她說，這麼難得才有一個會和我談承諾的朋友。

也許在安迪身上待得久，受他殘存的意識影響，我驚喜得不慎搶過了控制權說話亦不自覺：「所以，你不打算復仇了？」

直至她眼中閃過一刻詫異，我才懊悔自己連這麼重要的說話都能說溜了嘴。除了安迪，世上根本沒有別人知道她尋死的目的只是復仇，利用社會輿論壓力反欺凌該班霸凌的女生。當然還有那些將她拒諸門外的攝影師，但肯定不會是臂上戴有督察章的威廉。他心底亦必定非常疑惑，自己為何會脫口面出一些莫名其妙的話。

但她很識相，即使再在意亦沒說穿。那是在弱肉強食的環境下壓迫出來的機靈。作為一個十多歲的孩子，不該懂人情世故至這個程度。

「沒有相集的話，當然要復仇了。」她說，這不是理所當然的嗎。如果是安迪，他絕對不會問這種蠢問題。

我不懂得接下去，慶幸她接著就說：「只要我將來成為了很重要、讓人注目的人，我說的話就自然更有力量。即是說，如果有天我的作品著名得全世界人都非看不可，在裏面要怎樣將她們的惡行公諸於世，甚至流傳百世都可以。」她補充說遊戲的規則，就是這樣玩吧。

說著說著，她抬頭讓黃昏的溫度灑在臉上，好和暖：「說不定，我將來會成為大作家喔。」她憧憬地說著她的志願，那刻才第一次像一個十多歲的孩子。但仍然敢於承認自己的仇恨。

「是哦？到時要給我簽名本，我會努力活到那個時候的。」那不是出自我口中，而是一直渴望擁有孩子的威廉。

多想一層，或者大人一直教育孩子我們不應以暴易暴，要以德報怨，不能延續仇恨等等動聽的說話，在這個時代早就行不通。對付惡人，不是要和她比惡，而是要惡得更聰明。

離開前，她說想去附近一間冰室，我隨口撒了個謊說順道。

我記得，那家冰室是她和安迪第一次見面的地方，當時我也「在場」，當然是躲在安迪的意識中。我很記得上次來的時候，這裏的交通燈特別慢。這次回來，同一個路口竟然多了另外一支交通燈，旁邊的掛牌寫著「時差式」。我想起了安迪的文法書。

哈蕾見我疑惑，頭頭是道的解釋起來：「時差式交通燈在其他國家很常見。在交通特別繁忙的路口，兩部交通燈轉燈的時間並不一致，藉此紓導車流。」

我仔細觀察著，舊的交通燈被年月曬得褪色，灰灰白白。新的交通燈開始換燈，指示較擠塞的行車線先行。舊的交通燈仍然故我，不被新加入的生命干擾，保持自己舊有的節奏。

我覺得我是新的交通燈，為了拋棄一塌糊塗的人生而闖入別人的生命，甚至還妄想要共享、想要偷走他們既有的生活。

現在安迪離開了，我原本的身軀亦大概被處理掉，再無退路。一是永遠留在威廉身上，陪他面對因不育而精神失常的妻子；要不然就是娜拉，一輩子在迷離的宗教中尋找模糊的方向。

急促的訊號燈提示聲驟停，我這才發現我們錯過了行人走的綠燈。哈蕾笑說不要緊，她也很常做白日夢。

我讚歎她說，可能來得過分恭維：「燈號你也有興趣研究？」

「還可以，只是看得多。」她似是自言自語又不慎讓我聽見：「他不在的時候我常常來。」誰叫這裏的西洋菜蜜好喝，她這樣打著圓場。

分別之際，我說有樣東西要交給她。她大惑不解地接過腕錶，把它湊近耳邊聽嘀嗒聲。

少了一根指針，不礙時間繼續往前走。少了一個人，也無阻我們得繼續活下去。

「你的相集沒能完成，但他的相集就在這裏。」我刻意沒明言告訴她這是保險匙，怕她會像其他人一樣流連煙館，沉溺在有安迪的日子當中。只是上載時刻的人不在，就該交由同樣珍惜的人保管。

同樣地，沒有過問多餘的事。她靜靜地收下，只開口說謝謝。

我說，是我該謝謝你甚麼也沒問。

「恕我直言，本來也覺得你很奇怪，」說罷她亦是一笑，但不是為了中和寒暄的笑：「因為我覺得，你就是安迪。」

趁她問上任何不能回答的事之前，我不待新交通燈再次轉紅就轉身離開。冰室的空間應該只屬於他們。

細想一下，我離開本體後，如果我的身份隨之消失，而在三人之中，登入安迪的時間最長。在我以為自己搶過繩子就能奪取控制權時，說不定他的本意識亦在潛移默化的影響著我。畢竟他是一個完全的人，有意識，有軀體，有身份……有人記得。

　　而僅存意識的我，連存在也很難談得上。唯有卑微而卑劣地做著各種無關痛癢的小動作干擾本意識，故意岔開他們本來的軌道，來證明我作為外在意識的存在。

　　她說得對。可能，我真的是安迪。

9

數天後，娜拉仍然沒有上傳，我像新交通燈一樣影響著威廉舊有的步伐，在外面隨便找了個地方住下來，不回去有茉莉亞和阿英影子的家。

如果我的目標是永遠留在同一個人身上，不再跳轉，安迪的離去其實正依著這個方向走。可是威廉或娜拉的生活會不會也像安迪一樣，有著我未曾發現的隱憂。即使成功偷取，作為只在沖印館耗費半生的人，常人精彩而複雜的生活又是否應付得來。

之前威廉和茉莉亞說，他感覺到每次上傳時的異常，儘管這種外來感竟然轉化成他在孤寂中的安全感，但那就說明其實他已經察覺到我的存在。

現實的他與安迪素不相識。我一直利用他的軀體，操縱他過份干涉關於安迪的事無疑會讓他起疑。可是聽同袍說安迪的母親出院了，我感覺無論如何都得去探望她。

意外的是，安迪母親竟然認出威廉。她深深鞠躬說那天太麻煩我們，連忙請我們進內。

安迪的房門半掩，看得出裏面一切都沒被動過太多。冒昧來訪，只是想將這個於老人而言放得太高的紙箱交給她。

我告訴她安迪在離開前幾天，每晚也在寫一封遺書。他的離

開沒我們想像中突然，他是早就心裏有數的。雖然至今我仍然想不明白，他為何早就預言撿到遺書這一幕。

「我還一直以為，這些又是他買回來拍照的東西。」她苦笑說一直沒在意那箱子：「你說，他一個年輕人為甚麼總喜歡這些過時玩意？」

我以前也不明白。自從時刻銀行能夠讓人精準地儲存記憶片段，數碼相機和輕型攝錄機都被一一淘汰，沖印館每月入不敷支，都是靠著一小撮愛好者勉強撐起。像安迪如此年輕的人就只有他一個。

我一直以為，安迪喜歡攝影和他光顧時刻銀行的原因都一樣，他想在有限的時間留下最多的東西。

他在最後一次見過哈蕾後病情急轉直下，明明知道自己快要離開，卻一直沒有開啟上傳。如果每人都命中註定要失去甚麼，他是早就接受了。

「是的。」我想起交給了哈蕾的單指針腕錶：「他最怕趕時間。」

像安迪因疾病失去了性命；我失去了原來的軀體；母親失去了兒子；哈蕾失去了唯一的朋友。無論是過時的攝影機，或號稱最高科技的時刻銀行對此都愛莫能助。

要失去的，一刻一秒一點點終歸都沒能留下。

我正猶豫該説甚麼安慰安迪母親，威廉的本意識卻開腔説話。

「為人父母是甚麼感覺？」他這樣問我才想到，威廉和茱莉亞婚姻破裂的原因可能在於他一直渴望有一個孩子。

安迪母親好像被考起了，思忖良久：「覺得他們永遠都是一個樣。無論長得多高、經歷了甚麼，都是同一個樣。」

威廉稍為想像了一下，似乎還是很難理解。直至安迪母親再補充，無論生死，都是一樣的。

「翻查檔案的時候發現，原來我也有參與過安迪哥哥的案件。」他病發時倒臥街頭，死因沒可疑。

「介意我問一個問題嗎，」她望向陽台，像望著數天前站在那裏的自己：「如果早就知道孩子有病，但堅持生下來。你説，我算不算害苦了他們？」

聽同袍説過，以當時的科技，這個遺傳病在懷孕時已經能夠檢驗出來。目睹兩個兒子出生，再親歷他們死去，在內心掀起的矛盾即使來得太遲，亦會日益強烈。

安迪母親說，曾經有人指摘過這種行為好自私，也沒問過孩子想不想出生就把他生下來，受盡折磨然後離開。她很不解，看著他們離開，她比他們更要痛苦。這些都是早在他們來到世上前，她就很清楚要接受及承受的。

「即便如此，我覺得他們還是會願意來世上走一趟。」

談到這個份上，威廉想起茉莉亞把貓帶回家的一天。其實由那天起，他們都應該要有安迪母親的覺悟，接受他們會比自己早離去。可以傷心，可以不習慣，但沒理由說自己不能接受。

見威廉發呆，安迪母親擔心自己是說錯了甚麼話。

威廉回過神來，對她說沒甚麼，只是我的孩子也剛剛離世了。

他帶著自豪地介紹，我的兒子叫阿英。

8

別過安迪母親前，有件事我始終很好奇：「短頭髮的女孩子，那天和你說了甚麼？」

陽台的門依然趟開，午後陽光灑落一地。春天該不遠。

她竊笑一聲：「女生們說話，是秘密啊。」

我打算擺手便走，當一個識相的人。雖然我一直都在覬覦他們的人生，最過意不去的是打擾了安迪最後的時光。間接救他的母親一命就算還個人情。

「開玩笑的，」她把我在門前叫住，語速放緩：「那個女孩說，她很喜歡安迪。」

安迪母親有著老人家一貫的囉嗦，著我和哈蕾多上去探望她，多點談談安迪以前的事。我好像可以明白她。擁有同一份悲傷，一起消化的話會好過一點。

「他離開的那一晚我在加班，」我聽說她在酒樓洗盤子，平安夜加班也合理：「一個人的走，他會怕嗎？」

我一時無言以對，威廉的本意識竟然搶回話語權：「不會的。」他也苦笑，說自己明明不認識安迪，卻感覺對他的一切都很熟悉。但那份熟悉，不過是來自長時間偽裝為安迪的我。

她問威廉為甚麼如此肯定。他說，如果男孩子能被喜歡的人所喜歡，就可以甚麼都不怕。

下班前，威廉接到茱莉亞的電話。阿英離開以後，威廉故意爭取加班，就算兩人在家也不怎麼說話。這次她突然致電還故作神秘，只著他快點回家，聽起來心情很好。

他們的住宅一梯兩伙，門廊尤其應聲。剛出電梯門就傳來叮嚀叮嚀的鈴鐺聲，他在家門駐足不前，我知道他有那麼一刻想過阿英是否回來了。

大門另一邊傳來鑰匙的轉動，茱莉亞聽到電梯聲便趕過來。

凋零良久的客廳再次混亂起來，堆積成山的玩具、被扯破的紙巾碎散落一地。另一個孩子穿著熟悉的衣衫，那是茱莉亞在阿英一歲時親手織的。他在地上玩著阿英最喜歡的鈴鐺，見它滾動又連跑帶跳的追上去。

她久違地抱住威廉的手，說句話都幸福無比：「阿英，爸爸回家啦。」

——嚓。

自從安迪去世，跳轉不再是以前不知終點的離開。只剩威廉和娜拉，必須在這兩人的人生中作出抉擇。我本來藏好在沖印館的軀體不翼而飛，孤苦無依的意識只得寄居他人體內。

　　按情況來看，就等他們其中一人放棄系統，我就找方法徹底擊潰本意識，完全掌管操控權，帶著他或她的儲蓄重新生活。

　　回想也可笑。在剛剛被困於安迪身上的時候，我原以為是預見自己遺書的他要找替死鬼，所以把我的意識捉進體內。誰知來到最後，我才是那個決心要偷走別人人生的惡鬼。

　　這次娜拉開啟上傳，約會對象是秦先生，我毫不意外。

　　自從她加入教會後就不再替人占卜，整天就和戶主秦先生在一起。天色不早，兩人在教會附近一間餐館坐下，談的話題還是離不開教會。

「說起平安夜那天的派對好難忘。我們在『秘密天使』計劃竟然抽到對方。」秦先生率先帶起話題。

　　娜拉和應，沒有抗拒他的好意，還說好喜歡他買的禮物，是個水晶球。當時他裝作驚喜，還說這是天大的巧合欸。他不是知道娜拉喜歡神秘學，才故意投其所好的。不是這樣的。

晚餐來到主菜，他見氣氛恰好，乘勢告訴娜拉下星期便是自己的生日：「如果可以，那天想和你一起過。」不待她說甚麼又補充，去哪都好。

娜拉思索片刻，認真地提問：「即是你是魔羯座？」

「我？」他一時反應不及，支吾以對：「大概……大概是吧。」

她重重歎息，對他直言：「那不行了。我不會和魔羯座的人交往。」

秦先生不知所措，但仍然死心不息，緊張地問是不是哪裏做得不好惹她生氣了，他可以改的，甚麼都可以改。

她好氣沒氣，盡量收斂脾氣回答：「告訴你好了。我的另一半只會是處女座、比我大五年、命格屬水的人。」

她見秦先生一臉不解，不情願地解釋下去：「更何況，我是天秤座的。最不配的就是魔羯座了。」

「可是……我們明明相處得挺好啊。」他可憐兮兮的低喃，已經找不出別個理由來說服她，只好繼續追問：「為甚麼，偏偏是處女座、大五年，還要命格屬水的人？」

説罷，秦先生激動地將手機屏幕遞來：「你看！這裏明明説天秤座最匹配的是雙子座，不是處女座啊。」

「你真的這麼想知道？……那我們交換秘密，好不好？」娜拉這樣提議，很是符合天秤座追求公平的個性。該死，我怎麼會受她影響談起星座來。

　　秦先生求知心切，爽快答應。娜拉也直截了當：「我在十一年前有位男朋友，他正是處女座、比我大五年、命格屬水。」

「你……不是説自己單身嗎？」他一時被嚇倒，語氣像上了騙徒的當。

　　她不急著反駁他的無知，語氣平靜地説，他在交通意外過身了。而這些年來，她一直在努力尋找像他的人。她這樣一説我才想起在煙館看過她的時刻，每一次得知對方的星座或命格後，不久就會分手。

「我為自己算過，我們的命理和八字在各方面都是最匹配、最利對方的。」她還不忘再損秦先生：「而最不適合就是魔羯座的男生。」

　　秦先生被擊退，滿臉頹喪。他事前完全不知道娜拉在擇偶方面也是如此篤信星座命理，更沒想過她有男朋友。
「我回答完你的問題，現在到你。」娜拉在水杯留下唇印，清清喉

曨：「我有個問題一直很想知道。」

　　他一臉狐疑，在她意識後的我如是。她不是說對他沒興趣嗎？

「你有甚麼在瞞著我？」

　　女性問出這個問題，不管語氣為何都異常銳利可怕。這看似是疑問句，實情卻是暗藏前設的反問句。

「不准說謊。當心，這是十誡說的。」她看准他的弱點，會投其所好的人從來不只他一個：「袘，可是在看著你的。」

「是的。」秦先生低頭，除下眼鏡抹一額汗。他把眼鏡放在餐桌面，她才赫然發現那根本是沒有度數的鏡片。

　　娜拉不禁暗忖，除了眼鏡，他還有甚麼是假的。抑或她應該學學逆位的塔羅牌，逆向去想他有甚麼是真的，才不致被騙那麼久。

「你記不記得我很久之前就問過你，是否在用時刻銀行？」

　　他的這道問題比娜拉剛才具有前設的問句更叫人毛骨悚然。她說不出一句話，只懂呆滯地點頭。

「你在用的銀行帳戶，不是官方正版吧。」

7 ——— 0

停影一刻

逃跑和尋找真相的慾望同樣強烈。她在座上動彈不能，最後還是留下來了。

「從你幾年前搬來，我就發現你有使用時刻銀行。」秦先生坦言，都怪你的紅寶石太耀眼。

而她生怕丟失這條保險匙，所以養成了經常撫弄戒指的習慣，自然更惹人起疑。

秦先生說他一直感到奇怪。娜拉替人占卜賺錢不多，有時候連租金也要通融遲交，她到底哪來的錢去時刻銀行開戶。結果他最近聽同事說起，坊間盛行「共享容量」。像雲端科技應用在備份手機時，也有家庭共享的選項。只要一個人付費，便可將多出來的容量分給家庭成員使用。

坊間的不法分子亦然，他們購入一個官方帳戶，便將裏面的容量分拆，以更低的售價出售予不同的用家。如此一來，他們既可從中獲利，預算有限的用家亦能以較低價錢，體驗時刻銀行，唯一的不便只是容量較少，只能儲存最精要的時刻。

像娜拉賺錢不多的自由工作者，像安迪的窮學生，像威廉要瞞住家人挪錢的用戶，「共享容量」便是不二之選。

三人之中，我本來只認識安迪，亦因為玩弄他的保險匙而錯

誤登入，以致意識被困他的體內。一個身體不能容納兩個意識，只好透過互相角力來爭奪控制權，因而出現「奪舍」的情況，而非替死鬼來找替身索命之類的鬼故事。

而萬萬想不到，安迪光顧的是改裝過的帳戶。圖利的機構將不同客戶的帳號連接至同一個正式帳戶之中，共享容量。這樣看來，娜拉、威廉和安迪三人就是在共享同一個容量，所以我墮進安迪的時候，亦同時墮進三人連接起來的程式當中。

「上次聊天時，你說過自己最近在上傳時刻時，總會覺得有人在干擾，說甚麼做甚麼都有身不由己的感覺。」秦先生重複著她說過的話，恐怕連她本人都忘了，他卻記得一字不漏：「我怕，是有人在控制你。」

「控……控制？」說到這裏，娜拉自然大驚。躲在意識後的我亦同樣心虛。隱瞞良久都沒有被他們本人揭發，反而由一個陌生人道出真相。

秦先生欲言又止，說到一半引人胃口的人最可恥。他雙手緊握作祈禱狀，以誠懇無比的語氣對她說：「娜拉，我要和你道歉。」

「想潛入意識，和控制你的人，其實是我。」

說到這裏，我想我和娜拉同樣一頭霧水，亦同樣惶恐不安。

「到底在說甚麼鬼話⋯⋯」娜拉沉吟，怎也料不到得出的答案遠超想像。她問秦先生是否有事相瞞，頂多是出於好奇或防範追求者的疑心。莫非女性的直覺當真準確得可怕？

他漠視一切反應，坦然面對自己所做的事反而得到紓解：「你又記不記得，我曾經到過你家維修電腦？」

都怪娜拉，老是記住他是戶主，而忘了他正職是在科技公司工作。

■

秦先生任職技術人員，從唸書到工作一直缺乏異性朋友。一直住在父母留下、一心讓他成家立室的房子，在他獨身多年後顯得太大，便索性改裝，分租予人賺點錢。所以娜拉在幾年前搬來的時候，他很自然就喜歡上她。就如所有橋段老舊的青春愛情片一樣，只是以兩人的年紀來說都遲到了。

不擅交際的秦先生想盡千方百計接近她，但兩人每次談的不是繳租就是電費水費的問題。襄王有心，神女無夢。

「我甚至在交友程式開設了一個假帳戶，希望可以更了解你。」秦先生說得激動，然後便是更大的落寞：「其實你也接受了我的交友邀請，還和我聊得好端端的⋯⋯怎料突然又封鎖我。」雖然他沒説

白，但在教會相遇應該也是秦先生精心策劃的巧合。

　　說罷，秦先生又猛地擺手，著娜拉別在意這些事：「不過早在交友程式和你聊天之前，我已經發現你是時刻銀行的用戶……」偶然得知這個提示後，他便借修理電腦為由，趁機複製她的帳戶和密碼。他想知道她的一切，不能由她口中探聽，便唯有自己找出答案。

　　誰知他在研究編碼下發現她的帳戶是共享用量。坊間在分拆容量時更改過程式，以便拆售予不同用家。具有相關知識的秦先生很快就找到漏洞，不但可以將她上傳的時刻一覽無遺；只要得到保險匙，更可以將自己的意識加入到程式之中。而因為上傳系統直接接駁至用家的腦部，變成外來意識和本意識共存一室的局面，爭相奪取操控權。

　　「只是在我入侵程式時，中途湊巧遇上系統更新，把我鎖在程式以外。」他盡量以淺白的語言解釋，好讓已經資訊氾濫的娜拉能夠聽懂。

　　「總而言之，我最後還是沒有入侵到你的意識，但同時也無法修補未完成的程式缺口。

　　但那次在教會遇上後和你聊天，你說覺得有人在操縱你的意識，我就擔心是不是有人利用我上次造成的缺口，偷偷潛入你的意識之

中，甚至嘗試操控你整個人。」

他說的人正是我，但我絕對不像他這樣暗戀女生至喪心病狂的變態。頂多——是個想要偷取別人人生的失敗者。由於安迪、娜拉和威廉都在共享同一個帳戶的容量，所以戶口是相通的，這點從安迪透過威廉視角預視到自己的遺書已經證實了。

而秦先生造成的程式缺口偏偏讓我在撿到安迪的保險匙後誤打誤撞闖進，被困三人的體內，不停跳轉而找不著出口，還可以和本意識搶奪控制權，以一個外在意識影響他們一言一行以至一舉一動。

「一般的程式更新並不會造成如此大的影響。但我在業界打聽到，時刻銀行一直在研發『預視模式』。

新模式在用戶許可下，以人工智能分析已上傳的片段，繼而推斷在未來可能發生的重大時刻。同時亦因為牽涉到私隱問題，官方一直沒有對外公布此項新科技，而是在一次恆常更新中不經不覺滲入測試版。

據說有少數用戶預視到奇怪的影像，向官方投訴後都獲贈巨額的掩口費了事。但商業世界本就沒有秘密，更何況是科技發達的商業世界。消息在業界已經傳得沸沸揚揚，說時刻銀行正低調聘請專才去解決『預視模式』的種種問題，希望趕及在下年初的公司周年大會

上往外公布這項突破性的新技術。

近代我們最關心的是，科技走得太前，人腦已經追不上。

預視未來聽起來很酷很前衛，但開發者卻忽略用家很可能會混淆『預視模式』和現實世界，造成極大的不便，甚至道德爭拗。

本來的生活軌跡隨著時間，直線性穩定前行，科技卻嘗試挑戰時間的節奏，提前預視。」

「預視？」娜拉一直不自覺按住自己的太陽穴，明明時刻銀行植入的晶片就不在該處，即使使勁按住也不能抑止運作。這個動作只是潛意識讓自己獲得一些虛無飄渺的安全感：「未發生的事，他們怎麼可能辦到？」

「『預視模式』的原理是利用用家授權，讓銀行連接至你們腦部的權限。系統發出電波訊號，偽造假的時間點，讓人腦誤以為現在已經是明天、已經是下星期。系統會將用家上傳過的時刻再作比對，分析對該人而言較重要的事件是甚麼，從而協助推斷。當然推斷會有一定的偏差，因為每天突發因素太多，一個微小的改變都會影響最終的結果。所以『預視模式』的預言，其實只是綜合分析過往的時刻，集結數據所作出的估計。

由於『預視』所牽涉的程式太複雜，因而衍生很多始料不及的程式

「時光短路」的程式臭蟲。那我就懂安迪説撿到自己遺書的意思了。

程式在該次更新試行「預視程式」，分析一個人的日常行徑，再試圖推測後來會發生的事。而「撿到安迪的遺書」這一幀畫面，其實是由威廉視角出發。他身為管轄這區的督察，加上之前經歷過安迪哥哥的案子，因而推斷出這一幕。

只不過他們所用的銀行戶口都不是正版。我只得到安迪的保險匙，就算再離奇亦只應墮入他的身體，最後卻被困在三人當中，而且不斷跳轉。這足以證明三人的戶口因為共享容量所造成的漏洞而變得互通。

所以，安迪意外接收到威廉那端的預視影像，亦不足為奇。

秦先生的解説進一步引證推斷，預視程式根本還未適合推出市面：「而更基本的問題是這種高端程式未臻完善，尚未通過最後階段的測試便率先試行。時刻銀行為了在業界坐穩位置，硬推新技術，對漏洞或預視造成的潛在危險視而不見。

我聽説本來雄心壯志、拚命想考入時刻銀行這種大公司工作的高材生，很多都看不過眼而相繼離職。

他們聲稱開發新科技是為人類改善生活，現在只是本末倒置。很難

怪，當人走得太前，就會忘了往後望。

抱歉——實在扯太遠了。我的意思是，其實在發現你的帳戶有漏洞時，我也像他們一樣興致勃勃地駭入程式。但我不是他們說為了人類進步，只是單純的想把你的時刻都看一遍，了解關於你的所有，甚至自私地希望影響你的意識，對我產生好感。我也是一下子走得太前，而忘了往後回望初衷的人。」秦先生像背負過錯太久的虔誠教徒，終於找到告解室誠心懺悔。

他接著說：「所以，請你讓我修補程式缺口吧。」

在他坦白的時候，其實娜拉早已經把距離越拉越開。面對罪犯，即使是誠心誠意懺悔的罪犯亦是罪犯。說衷心原諒的人都是該死的偽善。

在我長大的環境，一直唸優秀的學校，與優秀的人作伍，惡人與我距離很遠。可是由搬到小區後被口沒遮攔的鄰居咒罵，到從安迪眼中目睹哈蕾被同學欺凌，又在娜拉信任的秦先生身上看到，一刻私慾可以凌駕教育多年培養出來的理智。當然，也包括想要奪走別人人生的我。

我才頓時明白我們與惡人不存在距離。因為人的本質就有潛在罪惡，誘發傾向與否，尋根究柢也許只是運氣主宰。惡人或者都是不幸的，但他們的惡仍然存在而需要被承認。像所有已成過去的

事或造成的傷害一樣，都是不爭的事實。

哈蕾説過，如果連仇恨都不敢承認，在大方和器量的光環脅持下迫著自己説原諒，這樣的人生太可悲。換個方法復仇，但她始終沒有原諒那些人。

只是有件事，我不忍對哈蕾説。

無論你願不願意相信，這個世界惡人是沒有惡報的。

因為世上沒多少人能不作一次惡，而活到現在。善惡有果的話，我們都要死太多遍。正因為這樣，對於決心要偷取人生的我，一點內疚感也沒有。

只是我好想知道，娜拉會否被教會影響至要原諒企圖入侵自己意識的秦先生，七十個七次。

娜拉和秦先生在餐桌上僵持，正襟危坐而暗中帶刺，有如二人桌兩端擺列整齊的餐刀，也暗地裏鋒芒相對。有那麼一刻衝動，我想搶過從她的本意識手上搶過繩子，朝他大喊「變態漢全家去死吧」。

我墮入安迪的身軀，最後甚至失去本體，永遠要依附他人身上苟且求存，他才是一切的始作俑者。

結論還沒得出，寶麗萊的白光又把我帶走。即使在秦先生口中得知一切的原委，跳轉還是來得如此突然而讓人措手不及。一切意外如是。我們都是活得風平浪靜，翻個浪就失去了甚麼。總是這樣的。

活在充滿意外的年代，還是沒有習慣得來。

——嚓。

我開始不意外，威廉每次都挑在吵架難堪的時刻才上傳。不像娜拉或一般常人，得知有異物入侵意識後都想儘快驅除。腦裏多出一個意識，一個想法，不問是外來還是甚麼都好。在他未曾猜到我的惡意前，我就是沒有惡意的。他只想為在這個家裏孤立無援的自己找個後盾，或單純的陪伴。

所以當我以為，眼前的人又會是在大吵大鬧的茱莉亞時，四周的寧謐，還有她的出現倒是讓我很吃驚。

「謝謝你肯來。」他們身處一個人煙稀少的公園，說話的人是威廉：「陳艾美同學。」

新娘艾美在婚宴過後，換上樸實的麻質長裙，非常隨意的踏著涼鞋，笑容親切如昔：「你說今天找我當模特來拍照，你的相機呢？」

威廉指著自己的太陽穴，就如安迪和娜拉都以為晶片在該處。我想只是用戶的生活壓力都太大，經常感到頭疼才會覺得太陽穴被植入了異物。

艾美開始時不太明白，直至威廉再向她展示偽裝成球會匙扣的保險匙，她才失笑起來：「你不是最討厭皇馬嗎？」

「沒辦法，誰叫你喜歡然後硬要送給我。」他故作不屑，指著自己身穿的利物浦球衣：「以前我們看球賽，每一次都吵架。」

艾美聽罷也吃吃地笑，若有所思：「是的呢。」

「我不知道你有在那個⋯⋯」艾美不太清楚如何表達，笨拙地模仿威廉指向自己的太陽穴。那個地方根本沒有晶片，也沒有程式，極其量只有記憶。

威廉哦的一聲就靜默下來，說是為了遷就生病的茱莉亞。所以不能讓她知道時刻銀行的事，沒說更不能讓她知道自己藏住了初戀情人的訂情信物。

　　事隔太久，兩人談起對方的伴侶都能不痛不癢：「那她好了點嗎？」或者喜歡一個人到盡頭或麻木的程度，就是連對方的伴侶和孩子都會關心在意。

「我也不清楚，」威廉聳肩苦笑：「結束一段不健康的婚姻，應該對我們都好。」

　　兩人邊談邊走，離開了公園的範圍。沒有目的地，也沒有目的，單純地找路來走。

「但你們的貓咪才剛離開了，這個時候再離開她真的可以嗎？」艾美關切地問。雖然我不認識她，但感覺她是一個很好的朋友：「會不會待遲點，事情丟淡後會比較好？」這種細心，難怪威廉這麼喜歡她。

　　威廉堅決否定，語帶婉惜：「最錯就是太遲才覺得錯。」

　　所以，不喜歡的千萬不要勉強在一起；喜歡的千刀萬剮都要走在一起。以為委曲自己就能夠成全的人，其實最自私。抱著偉大的光環自居，走到最後走不下去還是會傷害到對方。在學時他對抱著感情疑難的朋友都說過很多遍，來到自己偏偏做不到。當局者迷到底是一個通病還是詛咒？

　　艾美沒再說甚麼，她曾經也很喜歡這個充滿想法的威廉。一

直喜歡著，直至他選擇了投考公務員和出身名門的茱莉亞。

「連續下了一星期雨，今天才放晴。你又剛好來約我拍照，真幸運呢。」她就這樣對威廉說，沒有後續的話。

他們都記得以前談戀愛時，除了看球賽最喜歡就是跑到戶外拍照。學生時代的威廉都有過抱著菲林相機四處走的日子。一個政治系的男生故意佯作文藝青年，只為博取唸歷史的她注意。

「是的呢，」威廉刻意模仿艾美說話，相當彆扭：「明天我就到銀行撤掉戶口。所以趁今天和你『拍』多點。」

說罷，又朝艾美單一單眼，「咔嚓」，模仿快門眨動。

舊區的路缺乏規劃，羊腸曲折，沒有盡頭。威廉問她怕不怕太晚回家。艾美捏住下巴一想，又看了看前面的路：「就走到『那間店』吧。」她隨手一指，就指出了盡頭。

威廉馬上意會得到，一邊走一邊說話，卻不忘敏感話題要小心輕放：「我一直想知道，那時候你有生氣嗎？」

「你指畢業照的事？沒有啦。」她婉約一笑，擺擺手：「都那麼久了。」

「始終我們說好了，畢業後要一起拍畢業照。」威廉主動提起這件事，想暗示自己還記得承諾：「就我們兩人，到影樓拍。」

話剛說完，兩人停下腳步。

那是我們家影樓的舊址。

◼

冲印館的前身，正是父親一代拿著爺爺遺產所創立的影樓。堅持用最好的器材，提供最頂級的服務。由城中數一數二的攝影師操刀，拍一輯照所費不菲。

小時候我常躲在窗邊看街，發現不少人像我一樣躲在窗的另一邊窺探我們。有的只會一瞥，有的會看上一整天，然後黯然離開。

當時裝潢瑰麗，門面非常有派頭。時隔多年，現在理所當然面目全非。

艾美目睹此情此景，感慨地說：「我們說好，畢業那天就把打工攢下的錢都帶來。一起拍輯最好看的畢業照。」

或者，我和威廉艾美早就隔著玻璃窗見過對方。

「好可惜啊，都拆掉了。」威廉亦同樣心疼蘊藏過去的地方被收回後，變得一片頹垣敗壁。

「是的呢。」艾美這樣回應著。嘴裏的回應簡約，是因為話都收起來了。

　　兩人靜默不語，我猜畢業當天威廉爽約了，兩人亦因此沒在一起。事情往往都是這樣，只在一天就錯過了一生。

「還有時間嗎？」我搶過本意識一直主導的麻繩。面對艾美，本意識一直堅定地握緊控制權，但我還是搶過來：「我們去個地方。」

　　艾美被突如其來的邀請嚇得不知所措，慶幸亦不打算拒絕。只是威廉一頭霧水，勇氣固然不知從哪裏來，亦不知他們正往哪裏去。他早就知道自己腦內有個外在意識，只是料不到我在這種場合飆出來。但他再迷茫再慌張亦只能強裝鎮定，沿路繼續談天說地。因為男孩子要被喜歡的人所喜歡，甚麼都不能怕。

　　我把他們帶來了沖印館。艾美自然沒來過，威廉倒是有些印象，卻說不出具體甚麼時間來過。當然了，我帶著威廉的身體回來過一次，那天是艾美的婚禮，他早就用酒把自己灌得不省人事。

　　我一直拉住控制權的繩子，而不知來龍去脈的本意識亦放棄搶奪。我讓威廉對艾美解說，同時讓他們知道：「影樓倒閉後，老

闆的兒子在這裏開了一家沖印館。」

　　艾美恍然大悟，霎時換了個眼光看著這家與時代格格不入的爛店。是霉爛還是懷舊，就看有沒有感情。

　　她像年輕時一樣稚氣，在鐵閘的通花洞窺探：「果然也倒閉了嗎？」

　　我著威廉蹲下，掀起正門地氈，叮叮嚀嚀的抽出一串鑰匙時，連威廉自己也難以相信：「我想……不一定吧。」

　　他戰戰兢兢的趟開鐵閘，艾美半信半疑，還是不問一句就緊隨其後。

「如果影樓還在，你還會想和我去拍照嗎？」這次，是威廉自己想要問的。

　　店舖沒亮燈，我看不著艾美的表情：「可是影樓失去了就是失去了。」她沒說的是，就如我們都失去了對方而將自己交付他人。沒有既定的人，至少也各自走上了既定的軌道。

　　威廉沒說話，主意識亦放開了繩子。我回到最熟悉的地方，做著最熟悉的事。

「喂，真的沒問題嗎？」艾美看威廉一直在黑房裏忙，在外面憂心忡忡的喊進來：「你是督察耶，這樣真的不怕擅闖民居甚麼嗎……」

他聽罷只是冷笑，繼續任由我操縱，熟練地調配藥水。唸政治的他從來就不想當督察，就如憧憬著成家立室的他也不想娶一個不喜歡的人。

威廉雖然難以置信，可是在她面前仍然佯裝得神態自若。他將剛沖印好的照片遞給她，跟她說已經做好了。

艾美很是驚喜，笑得開懷的她也不在乎一直不喜歡被人看見的小虎牙跑出來。她沒問威廉在甚麼時候學會沖印，大概會一直深信他還是大學那個衷心喜歡文藝玩意的少年。

那幀照片是我讓威廉登入電腦，翻找艾美婚禮當天的時刻。威廉那天早走，不待大合照就離開了。但在熙來攘往的會場上，艾美忙著招呼來賓，威廉還坐在舊同學一圍上發呆。有那麼一瞬間，他們經過對方而不自覺。

當天艾美身穿嫁衣，來飲宴的威廉也穿得西裝筆挺。我讓他將在片段中定住的這刻，沖印出來。

諷刺點説，只要加個襟花就和新郎的禮服相差無幾啦。也許在他們未能想像到婚禮為何物的年紀時，也曾幻想過對方這副模樣

就如今天一樣。

照相其實沒有所謂神乎其技的技術，只是能在瞬息萬變的一幕中，攫取一閃即逝的「時刻」。

我讓威廉關下鐵閘，為我好好關店。艾美把紙袋載好的照片捧在懷中，一直會心微笑。

折騰半天，外面黑得只剩下街燈。臨別氣氛在即，艾美先說要回家。「李威廉同學，謝謝你肯來。」她故意望著照片說，所指的是她的婚禮。

威廉害羞的抓頭，絞盡腦汁想要說出些得體的話：「陳艾美同學，謝謝你肯來。」所指的不只是今天，而是他整個大學生涯。總有個人，你會慶幸一路上都有她。

艾美走後，威廉獨自留在沖印店的門前。既然他下定決心放棄系統，我亦無謂再想搶過他的人生。我早就放開主導操縱的繩子，但他的本意識還是很識相地幫我把鑰匙放回地氈底下。

對著四野無人的橫街，他竟說起話來。

「無論你是誰，謝謝你肯來到這裏。」他說「這裏」的時候，故意指著自己的太陽穴。

如無意外，這是我待在威廉身上的最後一夜。他和我年齡所差無幾，出身平凡，為了向上游而放棄了喜歡的事和喜歡的人。兜兜轉轉，在失去了很多之後才決定回頭。可是我和他不同。他所經歷的，是由無變有，再選擇變回無。

　　我在小時候經歷家族的興旺，再親眼目睹它一落千丈，那是一個由有變無的過程。而在我差不多要接受了自己就此渾渾噩噩的過完下半生時，偏偏又給我一個可以偷走別人人生的機會。要是我主動放棄，那又是另一個由失而復得，變得而復失的過程。談失望和難受，都是雙倍。

　　威廉的電話響起。來電的人不是艾美，亦不是茉莉亞。他抱著滿滿的疑問接聽：「安迪媽媽？」

　　「你說安迪在生時，很常到醫院照顧一個昏迷的男人？這樣嗎，真是個善良的孩子。對，對，就和他哥哥一樣。」

　　「在哪家醫院？啊⋯⋯那裏我有朋友，需要的話我可以打聽一下。」

　　「不，我不認識這個男人。沒有家人或朋友去探望的，說不定是流浪漢。」

雖然威廉的本意識亦答應了安迪媽媽會到醫院了解，但我還是搶過了控制權，讓他加快腳步趕到醫院。

醫院就在同一個小區，離沖印店不太遠的地方。我們來到安迪母親所說的病房，只見一個插滿喉管、完全失去意識，但呼吸脈搏，以至一切維生指數都在正常水平的人。我好像又老去了很多。

護士和安迪母親調侃，我在旁邊聽著。這果然是安迪很常來的醫院。

初期被困，我操縱安迪的意識回去過沖印館幾次。雖然被我搶過控制權，但一同經歷的他們仍然會有記憶。安迪在我登入其他人的時候，就把失去任何意識的我送來這裏。所以在我及後回到沖印店，就發現自己的本體不翼面飛。

安迪母親問護士，這人到底是安迪的誰啊。

護士也搞不清。反正公立醫院最多的不是奇難雜症，而是一大堆死不去也醒不來的人：「安迪只說，這人是他的朋友。」

此時，病房門外一陣騷動。十來名男女成群結隊，離開了對面的病房又直接步進我們所在的這邊。護士沒前去阻止或查問，似是意料之內，反而是安迪媽媽有點意外。護士見狀便向她解釋，他們是來自附近教會的信眾，隔星期都會來替留院的人祈禱。

　　我的視線回到一行人身上，赫然發現領頭人正是大蕃薯。背後跟著的人沒有秦先生，亦不見娜拉。大蕃薯走到「我」所在的病榻前，眾人有默契地圍上一個圈，緊緊牽著手。

　　我與他們素未謀面，為何這些人願意這樣做？

　　「他們真是大好人。」安迪母親感歎，希望他們所相信的天父確實存在，可以代替自己照顧安迪。護士回話：「以前安迪住院，牧師也常常來和他聊天。」

　　不得不承認，當我在娜拉身上認識大蕃薯時，對他的確沒太大好感。尤其是他力勸娜拉放棄占卜，說那些玩意是邪教的時候。明明他們都在可怕的世界中，嘗試憑藉信仰來讓自己活得更堅強。兩者都能讓人變好，又哪有正邪之分？可是親眼目睹他和一眾人誠心誠意為著陌生人祝福，我突然在想，如果此刻病榻旁邊的維生儀器失常，我在離世時原來也沒想像中孤零零。

　　在尋回本體的一晚過後，我因為娜拉的上傳而被強制登出威廉，自此沒再到過他身上。就如對艾美所言，他在翌日就到時刻銀行關掉戶口。自此他將不能再上傳時刻，而對於失去阿英的他，再也不需要容量去記錄虛偽的美滿家庭。他為了穩定的生活，對茱莉亞的感情是假的；而茱莉亞為了留住威廉，在家庭投放的心思亦是

錯的。全家人最真誠的，恐怕只有每晚守候兩人回家的阿英。

結果威廉是三人之中，第一個主動放棄系統的人。

娜拉開啟系統上傳，白光褪去之時只見秦先生一人，四周都是亮著熒幕的電腦，寫滿意義不明的編碼。看這個狀況，娜拉是答應了讓他修補程式，堵塞讓我入侵的漏洞。

失去本體的我本來以為再也無法回復原狀，進一步奠定我要偷取人生的想法。現在知道了本體安然無恙，我由別無選擇要去偷取他們的人生，變成可以選擇找方法，重過以前的生活。

安迪去世，威廉主動放棄戶口，就只剩下娜拉。沒有了跳轉的問題，現在可以走的路有兩條。

一是摧毀她的本意識而永遠留在她身上，就此成為娜拉；二是讓秦先生修好程式，讓我的意識返回本體之上。

最討厭選擇。應該說，突然出現讓我回復原狀這個選擇很教人討厭。如果我在沒有這個選項下而偷走她的人生，那麼我就是在無可奈何的情況下才這樣。可是現在，毫無疑問地，返回本體是一個比較道德的選項。如果我選擇留在娜拉身上，那麼我就是刻意這樣做。兩者的差別就是我到底想成為一個可憐的人，還是可恨的人。

最討厭選擇令人變得可惡。

▉

秦先生忙了半天，一臉抱歉地道：「還是沒甚麼進展呢。」

娜拉臉上閃過一個意味深長的表情，可能是失望或厭惡。不論有沒有猜透，他見狀就連忙安慰：「明天再試試看。再不行的話，我們就去時刻銀行求助吧。」

「不可以去。」她反對的聲音異常地大：「官方最近因為發現越來越多安全漏洞，所以嚴厲打擊經坊間非法改裝的戶口。一經發現除了會撤回戶口。被撤回戶口不像主動放棄系統，撤回的意思是裏面儲存的時刻亦會隨之刪除，沒法再存取。」

「可是，你不是說有人在影響你的意識嗎？」秦先生說，這個事態可是非常的嚴重呀。說罷，他又提議另一個方案：「這樣吧。我們去分行只說放棄系統，甚麼共享的隻字不提，只說要關閉戶口就好了。這樣他們會根據一般程序，只收回保險匙，而會讓你保留時刻。」意思即是，她雖然可以隨時重溫上載過的片段，可是以後都不能再上傳新的時刻。

我在意識後靜靜觀察事態發展。與其說不敢輕舉妄動，我倒是更想知道她會怎樣說。

「影響我又怎樣，」她思索片刻，開口就說著一些似是而非的話：「這個世界就是這樣的啦。很多事想做又不能做，想要改變又有心無力。」

秦先生一臉狐疑，難道她以為扯到世界頭上就能變得具有說服力？他開始質疑自己是否真的要繼續喜歡這種人，但喜不喜歡都是後話，他替娜拉修好自己搞砸的程式是責任問題。

她也想不出更好的理由：「總之，我不能失去那些時刻。以後不上傳也辦不到。」

看她態度強硬，秦先生只好暫時放棄，說明天再來試試。娜拉略略點頭，甚至沒送他出門。

房間只剩下她。

雖然不確定這樣是否行得通，但來到這刻，或者應該這樣做。

我搶過控制權，讓娜拉隨手打開桌上的一本筆記簿，拿起扎手的閃石鋼筆。

「你好。或者你會想和我談談？」

手放下筆桿。同時放開控制的繩子，交由她的本意識掌舵。

■

　　慶幸需要直接對話的人是娜拉。一向篤信占卜學、信鬼後來又信神的她，對於「奪舍」的現象應該不難接受。就算不接受，至少會相信「我」確實正以某種他們無法想像的方式存在，比起其他不能溝通的人好得多。

　　她紋風不動，可能被嚇倒又不願擺出一副花容失色的樣子。頃刻，她撿起筆桿，在我寫的下方疾筆而書。

「如果問你是誰，大概也不會回答吧。」

　　拜託，這不是湯姆瑞斗的日記本。就算她不是神秘學愛好者，秦先生也解釋得很清楚，我是入侵了她的意識，所以才能操縱她的行為，而不是依附在這本順手拈來的筆記本上。但她至少說對了一點，我真的不會向她透露身份。

「我們素未謀面，回答沒意思。我想知道，你確定不會放棄系統？」

　　她沒再回答，乾脆合上筆記本。本意識奪回控制權後，她一瞥時鐘，隨手披件毛茸茸的大衣就出門。

　　我有想過她會不會是被我的出現逼瘋了，寧願主動放棄系統

不再上傳，也不想被來歷不明的意識纏上。可是她又一次在分行門前略過。深夜寒風瑟瑟，街燈下的身影一邊瑟縮，一邊快步朝霓虹燈方向走。

▓

走廊明顯沒之前般煙霧瀰漫，娜拉在門前稍作徜徉，還是硬著頭皮推門。

「這麼晚了？」應門的仍然是那個女子，只開一條門縫探頭出來。她的妝容和煙館的煙還是一樣濃烈，或教人嗆喉。這個時候看到客人上門，顯然有些吃驚。

娜拉看出她的驚詫，也相當不好意思：「還在營業嗎？」

女子往店內一窺，便對門外的娜拉說：「有客人我們就營業。」說罷，便請娜拉進來。

娜拉本來還為著自己打擾女子關門而感到不好意思。誰知她一進門，發現還有寥寥幾個客人在座。娜拉尚算熟客，來過幾遍都對這些人有印象。過氣的影視紅星，還有退役運動員嘛，就算沒聽女子說過，看他們每天循環播放的時刻都會知道。

她隨便挑了一個座位，女子為自己和她各自弄來了一支煙槍，

悠閒地調侃：「好了。這麼晚找上門，你是掛念你的片段，還是掛念我的煙？」

娜拉接過了煙槍，淺淺吸一口：「其實在家裏用電腦都能看，只是習慣了來這裏。」她慶幸女子記得，這是她慣常抽的咖啡味。

女子乾脆倚在娜拉的椅背，及腰的髮絲撩得她肩膀很癢：「習慣嘛，不過是一種心理干擾。」女子指著自己的心臟處，對娜拉說：「你這裏生病啊。」

當你無法適應新的生活方式，甚至不嘗試去抽離舊有的一套，那就是倚賴。一種病態啊。女子說得冠冕堂皇，說得自己經營煙館不是在利用客人的倚賴來賺錢。

娜拉望向店舖另一邊，躺在椅上意識迷糊的兩人：「他們，不會離開嗎？」

女子仍然懶洋洋的賴在椅背：「有時候吧。那女的還有個女兒，有時候會來大吵大鬧把她撿回家，但過不了幾天她又自己回來。沒辦法，人就是會有癮嘛。」

娜拉不敢再看兩人，低頭在電腦登入戶口，一段段上傳過的時刻在熒幕上整齊排列。娜拉不是第一遍來，女子多多少少也記得哪個客人總在重溫關於甚麼的時刻。反正如她所言，不病態的人就

不會來這裏。

　　娜拉開始播放時刻，又是和某個男生約會的片段。這晚客人少，話特別多的女子按捺不住在旁邊八卦：「真沒意思。」

　　比起被惹毛，娜拉反而心平氣和地問她在指的是甚麼。

　　女子說，你們這回事本身啊。就是從冗長的過去中，像剪報一樣剪下自己想記住的零碎片段，然後一天到晚不停回味，貪婪地享受虛構而源源不斷的快樂。說罷又指著對面兩人，這個狀態也不怕被聽見：「他們就躲在那個世界，最想永遠不出來。」

　　娜拉指著屏幕，盡量不讓自己對她激動：「在這個不斷失去的時代，我們除了過去還有甚麼可以憑借。」
　　娜拉安慰自己別動氣。算吧，她只是煙抽太多才胡言亂語。

　　女子用力搖頭，乾脆地把煙槍丟下：「就把那個世界變成這個世界啊。」

　　娜拉還是不滿她把一切說得太理想化。明明我們都是活得太苦才跑來逃避，她偏站到高地說著漂亮的話。

　　娜拉反問：「那你的世界呢？」會來這裏的人都飽受失去的痛苦，所以尋求重溫過去的安慰。而創造這個空間的人，不是應該

更痛苦才會更明白嗎。

「我的世界？就是這裏啊。」女子一頓，霎時坐得筆直。裝醉的人原來最清醒：「你不知道嗎？我不是你們。」

　　娜拉不解。女子說得平常，「我沒用過時刻銀行。」

「在小學寫我的志願，我也在寫想開一家煙館。」女子細意撫摸這裏一桌一椅：「有些同學寫甚麼做音樂、寫故事，甚至打電玩的，都說希望影響別人，為社會帶來甚麼不同。那為甚麼我開煙館便不能影響別人，就不是對社會有建樹？」她說勵志的故事太多了，這個世界的人比較需要一個麻醉的空間：「所以我賣這種煙。」

　　娜拉早就發覺這不是一般煙草，只是她說到這個份上她再也按捺不住提問：「這個到底是甚麼？」

「別怕啦。它不是香煙，也不是毒藥甚麼的好不好。」女子說著不禁發噱。

「不含尼古丁或焦油之類的物質，也不會讓人有幻覺。它只會……」女子一下子覺得難以表達，吹出煙圈又用手指在空中劃破：「它只會讓人特別有感情。」

　　她說，所以這裏叫「人間煙館」。沒感情的，算不上人。

「你呢，」女子的玫瑰煙槍槍身被刺繡包裹，金線銀繡，在黑暗下不減華麗：「小時候就想當塔羅師？」

娜拉繼續抽煙槍，呼出來的煙雲顯然比較弱：「才不是。我小時候最怕鬼，晚上睡覺都不敢關燈。」

「哦？」女子挑挑眉，表示感興趣但仍然沒問太多，留一個讓她不想回答就不回答的空間。

「他死後，我就不再怕鬼。」反而最怕世上沒有鬼。娜拉又使勁抽了一口，這口呼出來好像變酸的咖啡。

女子恍然大悟，緩緩點頭：「他是這裏的其中一個？」熒幕滿滿的時刻預覽，好歹也有五六個不同的男人。

娜拉馬上搖頭：「他不在這裏。」就是在他死後，才開始下定決心使用系統的。

時刻銀行剛問世的時候，當然大家都知道。普及化前一般市民絕對不會無緣無故花費一大筆錢使用系統，大多都會嘩然一聲說好厲害啊甚麼的，然後一笑置之，拋諸腦後就不會多想。

除非，你正經歷一些無法接受的失去。

　　娜拉的男友是在交通意外死的，可以想像得到是很突然。甚至
還約好晚上一起吃飯，他那麼突然就爽約，從此以後都不再回來。
她花了好多年，一直艱難地收拾留在她家中的遺物，直至有天不知
在哪找到一張單據。錢付好了，但貨還沒取。

　　單據上的地址把她帶到一所影樓，早就倒閉了。然後她又循
著情報找到了沖印店的新址。那時卻在門外見到一張搶眼的廣告。
這個年代已經很少會這樣貼街招。

　　「我們不再需要經歷失去。」

　　儘管她早就聽過時刻銀行鋪天蓋地的宣傳標語，在那刻偏偏正
中下懷。就像流行曲的歌詞永遠似是而非，情緒像調校電台頻譜，
一刻接通了就是接通，頓時解讀到它潛藏已久的意思。

　　但最違和的是時刻銀行堂堂一家上市公司，怎會需要隨處貼
街招來宣傳？仔細一看，那顯然不是官方的宣傳廣告。娜拉就此認
識了共享容量。

「結果我連沖印店也沒進去，就直接申請戶口了。」收拾前人的物
品最難受在，他留下的僅餘就是全部。她翻遍家裏每個角落，撿拾
他點點滴滴的生活痕跡。那不過是一塊塊零落的拼圖碎片，而任她

再吃力拼湊，它永遠不會是一幅完整的拼圖。

可是有了時刻銀行，以後遇上誰都不會再失去。其他一切都不重要。

「問題是你在這次以後，」女子截斷了娜拉的話：「都沒有遇上過像他的人啊。」那個處女座、比她大五歲、命格屬水的人。

女子看不過眼，說她一邊在怕，一邊在找，當然那麼多年都徒勞無功了。

「寶物都會躲開害怕的人喔。」連失去都不敢，怎去面對擁有後的種種困難。但這些通通都不是重點。

讓我在意的是，那張取相的單據。

■

結果娜拉抽完一回煙草，片段都沒怎麼看就走了。畢竟她深夜跑來不是想找人說心事，只想靜靜的找個地方看片段。離開的時候，我留意到她故意繞過時刻銀行，

出來的時候匆忙，娜拉沒帶上太多東西。小小的手提包除了化妝袋，還有一副塔羅牌。聽說塔羅師得花時間和自己的一副牌相

處，溝通得宜，占卜的過程就會更準確。當然這一切都建基於相信塔羅之上，換個說法就是習慣。

就算她上教會後不再幫人占卜，還是習慣把一副牌帶在身上。

她繞小路走，四處更加荒蕪。別無他法，我再次搶過控制意識的繩，只好從化妝包取出唇膏。就在旁邊的石壁寫字。

「我會一直留在你的意識中。」

回過神來只見牆上寫了這麼一行血紅色的字。沒有預期中的驚惶失措，她倒是冷冷拋下一句：「你要怎樣才肯走？」

她沒搞清楚狀況，而我在這個位置亦難以向她解釋我是因為系統更新，而誤墮安迪以至他們的意識之中。雖然說我由墮進三人的意識後，就一直千方百計想要偷走他們的人生。可是系統一天沒修復好，我也得被困這裏。至於留下來，能否找機會徹底殲滅她的本意識，全盤接管她的人生又是後話了。

「你不是不想放棄系統，而是無法放棄。對嗎？」

我能夠想像到她對系統的依賴。只要按一個鍵就能把時刻保存，隨時重溫。沒了系統讓她備份人生，整個人就像懸在半空不著地的感覺，一點都不踏實。尤其對於失去過重要事物的人。如女子

所説，習慣只是一種心理上的干擾，產生依賴就是心裏生病。

紅唇膏寫完這句已經被耗光。她忿然擲下空掉的唇膏外殼，在水泥地上滾了好遠才停下。

「放棄放棄，你們誰都在逼我放棄，」她指的應該就是始作俑者秦先生：「你們都不明白。一個女生在二十多歲的時候，生活是有多美好。」她嘴裏喃喃自語，不斷重複三個字：好可怕，好可怕。

老去真的好可怕。

二十多歲的時候，走在街上總有很多人回頭。二十多歲的時候，有過一個很好的男友。他上進勤奮，在孤兒院長大仍然發奮圖強。而且溫柔善良，剛出社會掙錢不多，還堅持每個月匯錢給孤兒院助養孩子。他是她遇過最好的人。

就算在他剛離開時，娜拉一個二十多歲的女孩還是有很多人會靠近。不管目的何在。

帶著伴侶意外離開的傷痛是一回事。她始終沒想過自己能夠走出陰霾，重新投入新關係的時候，原來已經失去了年紀的優勢。

很有可能是到那刻她才發現，那些人一直只是喜歡她的年輕，與她本人一點關係都沒有。

某天，她穿高跟鞋在街上扭傷，走路一拐一拐的。街上沒有一個人主動來幫忙，撥電話也沒有人願意來接她。以前從來沒經歷過這種無助。原來一直用年輕來兌換的籌碼，已經耗盡了配額。原來甚麼都會有花光的一天。

「想像一下。以前到哪都會有人為你殷切地打開大門，永遠不用費心去找方向，因為到處都是路。輕易結識朋友，輕易找到工作，就連要擠進人多的電梯都輕易就有人讓位。

而當你不再年輕，易走的路都留給更年輕更好看的女生。朋友們見狀都勸解說，女人也必須學會靠自己啊。那時我才驚覺長到這麼大，一直都在別人的幫忙和庇蔭下成長。所以他離開後我不僅一無所有，而且甚麼也不是。

最氣人的是，你們這些無關痛癢的人把一切都說得太輕易。說沒了他就找下一個，總要從傷痛中走出來諸如此類的廢話。你們只能看見我失去一個人，沒看到我遺失的是一個方向，而多於一段關係。

所以我只好不斷不斷地……」

她掏出一張牌，不假思索就翻轉，隱士。而她彷彿早就知道這一張必定是隱士。

我記得，隱士象徵「尋找」。

她説自從男友離開後她每一次抽的牌都必定是隱士，就像我入侵她後，第一張抽的牌亦然。

　　這樣正好解釋到很多我在以前積壓下來的疑惑。包括她為何會近乎盲目地相信占卜，亦輕易就順著大蕃薯説的話加入教會。

　　因為她覺得無路可走。難得有人給予方向，她就不求甚解的跟從。對於沒有想法也沒有目標的人，塔羅牌和星座運程説的話她都一一聽從。我想如果在她眼前左邊是路，右邊是懸崖。只要有一把聲音叫她走向右邊，她也會毫不猶豫就跳下去，而絕不後悔。因為她只會聽，只會尋找指令的聲音，而不懂得自己去看。

　　都怪習慣。從小就太習慣社會給予的優勢。可是靠年輕獲得的優勢都終將消逝，因為時間只會一直向前走，是最不可靠亦不容許被挑戰的。

　　紅唇膏寫完了，石壁上滿滿的紅字也太嚇人。本意識放下控制的繩子，我接過控制權，讓她往反方向走。

　　「為甚麼帶我來這裏？」接近目的地，她已經猜到我要帶她去哪。以往我大多時間都留在店內，快手快腳地開店關店，盡量不久留，免得又被討厭我的鄰里咒罵。也就是因為這次帶她回來，才難得經過店舖後街的另一面。

「忘記無法負擔的天價。生而平等，我們每一個人都不再需要經歷失去。」

　　原來共享容量的街招一直都在，只躲在自己世界的我從沒留意到。

　　經營多年，付過錢但沒回來取相的人還是有的。有的可能是忘記了，或像娜拉的男友一樣沒能回來。他離開多年，娜拉仍像泥足深陷的苦苦尋找一個像他的人。

　　其實想得更深入，娜拉的人生並不比本來的我好得多。不過我本來的人生背負著家境輝煌的過去，接管家道中落的爛攤子仍然無力改變，所以才特別難過。

　　意想不到的是，娜拉因車禍去世的男友正是在我沖印店留下婚紗照未取的客人。我很明白她同樣背負著失去另一半的痛苦，但沒經歷過的擁有，失去根本算不上甚麼。

　　即使昨日一通電話讓我尋回本體，亦沒有改變我想摒棄過去的想法。我仍然想要她的人生，就不得不摧毀她的本意識。

而且，我找到了有力的武器。

◼

娜拉把他留下的單據一直放在錢包，雖然說她一直尋找新的人，但說到最後還是放不下他，亦走不出失去他的陰影。

在沖印店工作時，我一直將待取的相片分袋裝好，放在其中一格抽屜中。按照單據號碼，很快就找出了他留下的照片。我就知道，放到面前的真相哪有人能耐得住不看。

她深呼吸一口氣，戰戰兢兢地打開相片封套。

未取的婚紗照中，相中兩人互相依偎，背景是外國一所莊嚴宏偉教堂，還有旁邊盛開的櫻花樹。

男方正是來沖印照片的客人。他說先拍婚紗照，待未婚妻半年後在外國畢業，他們就在那邊舉行婚禮，一併定居。

我從開始就覺得很奇怪，娜拉一直都是喊他「我男朋友」，說她男友怎樣怎樣好。直至看到單據號碼和名字我就記得，這人留下的明明是婚紗照。

相中新娘藍眼金髮，不是娜拉。

娜拉一直在懷緬、沉溺甚至拚命追溯的失去，原來比她想像中還要更早就失去了。

他騙了我嗎？還是騙她？抑或騙過了我們兩個？還有第三個嗎？甚麼時候在哪裏為甚麼到底是誰？她嘗試撇開感情，讓理智來思考。可是由理智產生的疑問回頭沖昏理智：從頭到尾，他可有喜歡過？

一下子處理不來滿滿的問號，甚至來不及傷心。她急不及待奪門而出，粗魯的動作使指環砸到門柄，暗暗吃痛。紅寶石指環是她一直珍而重之的保險匙。不是說好，以後都不用再經歷失去嗎？

結果她在失去他的多年後，又再失去他一遍。

天開始變亮，景色變清讓她的呼吸越來越急促。在晚上還可以騙自己傷心是假的，如果到了白天，傷心就是真的，真的話就要面對。所以她其實有點怕白天，才把房間和占卜場地重重圍上黑布，與神秘的氣場沒甚麼關係。

他說自己不喜歡白天，到處都是人，沒氣氛：「我們在晚上才見面囉。」每一次他都是這樣說。她從沒懷疑過甚麼，就這樣漸漸習慣起他的生活方法來，直至現在仍然一天到晚都在掛念有他的夜晚。

　　加緊腳步，她要讓自己在天色完全亮透前趕到室內。她用力搖頭，不讓腦袋憶起他説過的話。

　　「天亮前我們就回家囉。」他一直都是這樣説的。她反正都習慣，習慣就不會起疑。

　　砰砰砰。

　　上氣不接下氣的她連按門鈴的耐性都沒有。女子見狀很是疑惑：「這麼快又回來了？」她把一支特別小的煙槍擱在耳後，槍身繫上的翠綠玉珮懸在她耳邊，霎眼看很像耳環。

　　娜拉不待她招呼，只管自己撞進門內，含糊的説想要煙，快點。

　　女子不問甚麼，默默替她準備煙槍。有時候碰到特別需要煙的客人，她會特意加重劑量。這是經營煙館多年，看多了傷心的人而磨練出來的細心。就像酒吧一樣，反正都來到，不醉又有甚麼意思。

　　賴以為生的信念突然瓦解，就像長年累月以來給予的信任都被全盤否定。試想像，有天某個極具權威的機構向全球宣佈，這個世界沒有神。你們一直所信的都是假的。成億上百萬的教徒亦會無法接受。

我能想像娜拉的處境。情況有點沮喪，就像擲硬幣決定輸贏，而任何一面都只會是另一面的失敗。

　　對了，她靈光一閃，突然驚覺複雜的牌義和多變的理論都太難搞清現況。她轉向瞄住放在廂間頂部、整齊排列地黏貼好的幾枚銅錢。我想起，女子曾經謝過娜拉替她看風水。她踮起腳尖，俐落地撕下膠帶，指間夾住生鏽的銅錢。

　　「那個誰，我們擲硬幣決定好了。你贏的話，我就嗑藥也好，抽這個煙草抽一輩子也好，這副軀體你拿去；但萬一我贏了的話，你就給我滾蛋。」

　　在這個建議下，我們都各有一半機會。誰贏了，這個人生就是誰的。此舉看似很公平，但說到底還是離不開她的迷信。無法作出抉擇，就諉予神明。

　　看她一口接一口地抽，電視播放著她的時刻。目光變得呆滯，是看清現實的後遺，就像鏡頭靠得太近亦會失焦。她就和其他躺在煙館的人一樣。哪怕是這裏起火了，他們也走不動。因為他們都在熒幕裏面，那端的世界。

　　要是她真的贏了擲硬幣，便要繼續面對這種人生。在失去之後再承受多一次失去，我很懷疑，心靈和信仰都空空如也的她是否真的活得下去？

　　她的眼神越來越散漫，就和其他躺下的人都一樣。這裏好歹十多個人，有些生面孔，也有些人比我待得還要久。雖然不知道他們每一個失去了甚麼，又在過去的時刻中渴望尋回甚麼。但不完整的人，誰都一樣。

　　女子見娜拉靜得不尋常，湊過來問候劑量是否太重。對面正是那個退役運動員，眼睛睜得老大，我幾乎可以從他的瞳孔中看到獎盃反光的金色。我奪過娜拉的本意識問女子，他還在啊，多久沒走了？

　　女子故意不看他，可能是惻隱作祟：「他走不了。因長時間躺下，腿部肌肉萎縮。」女子再說一遍，他大概到死也會在這裏了。

　　「靈魂被攝進放映過去的熒幕裏，他不是已經死了嗎？」我想起了關於照相機的古老謬論，說不定傳說只是留到今天才變真。我頓時覺得這個地方好可怕，滿是死人。他們在這邊早就死了。

　　女子不同意，一手捉住我手上的煙槍，潛台詞是要我聽清楚，他們沒有死。

　　「他們只是選擇了，在那邊的世界活下去。」

　　說罷，她拋下一抹煙就離開。我輕輕吐氣，煙沒吹散。

欸，以前用的煙絲明明就比較濃。

廁間的抽屜有紙筆，我將便條紙鋪開，有話要告訴娜拉。

「登入。」

過了好一陣子，她的本意識緩緩甦醒過來。不怪她，抽過量的感情自然掏心掏肺。

反應遲緩的她片刻才懂瞇起眼睛細看便條：「這是甚麼？」我沒多回答，因為她理應知道，下列是某個時刻銀行的帳號和密碼。不回答她是我故意留下的空白，她果然還是登入了便條上寫的帳號。

「然後呢，怎樣？」她問完過後才轉過頭去看。登入後用家首頁除了顯示已上載的時刻，還有在左上角標示剩餘容量。而這個數值，的確是大得可以嚇死她。

我可以肯定她未曾見過容量如此龐大的戶口，更不用談背後的收費了。她不再追問我，隨便就按下其中一段時刻來播放。我儘量讓自己放空，這些時刻我已經不想再看。

播放完畢。她沒再按到下一則時刻，歷時十五年，時刻一分不差地逐一上傳。從頭播放一遍可麻煩了。

「你活得那麼好，幹嘛還想來過我的人生？」她默默關掉電視，雙眼仍然挪不開。她有這個誤解也正常。

「戶口持有人不是我，是我爸。」

以前我也像娜拉，也像安迪和威廉。像他們一樣經歷過可怕的失去，拚命想回到以前的生活。

所以沖印店打烊後我很常來人間煙館。父親留下的時刻容量龐大，我每天都在追憶影樓時代的好日子。要不是和亞香熟絡，她才不會給我那個「預留」的廂間。儘管我的意識被困後，它就一直懸空。

■

二十年前，時刻銀行剛推出，價格尚未平民化，自然而然成為了富商的玩意。那年我二十歲，正值影樓最興盛的時期，分店都開到第五間了。父親便率先成為了時刻銀行的用家，少有名氣的他說要記錄自己如何一步一步成為國際知名的攝影師。他怕就算看不到我的兒子、他的孫兒、還有孫兒的兒子出生，至少也能讓他們知道爺爺是個怎樣厲害的人。

後來父親積勞成疾，因病去世後我當然也有嘗試重振家聲，扭盡六壬都想由沖印店重新搬回影樓舊址。但遺傳甚麼的都在騙人，哪有這麼容易，誰叫他都沒教過我甚麼就帶著影樓一併死去，連我們的生活都葬在一起。結果，我只好每天躲在店裏，招待稀疏的客人和打電玩。掙來微薄的錢，全都花在這裏看影片度日。

他留下的時刻，成為我每天的生活。十五年一個循環，若我

還要多活五十年，只要播三次多一點就一輩子了。這樣想，時間就好過多了。

沒辦法，我只能在那邊的世界活下來。這邊的世界太難。

娜拉聽我說畢，仍然沒有放下戒備：「你跟我說這些有甚麼意思？」

「來到這裏，我們同樣失去了。可能是一些人、一些時光、一些感覺。我的人生和你同樣不好過。可是，我沒你的擁有，自然能承擔你的失去。在你討厭的人生，我能幫你好好活下去。」

透徹的眼睛悸動不止，我知道她在猶豫。她在猶豫，因為怕失去而在時刻銀行備份人生是不是一直都用錯方法了。永遠不再擁有，才可以永遠不再失去。也可能在猶豫，是不是只要繼續抽煙，抽到失去意識就能在這邊的世界掛線。

閉上眼睛，她可以在有他的世界活一輩子。

「活下去這麼難的事，就交給我好了。」

她掏出一直握在手心的銅錢，問我選花還是字。

我說我要花。折騰太久，我也想結果。

她將銅幣送上空中，看它像跳水選手翻滾好多個圈，降落手背。她立刻用另一隻手捂住，沒水花。但出來的結果，還是蛀滿鏽蝕的花。

為免系統又有更新礙事，她答應到時刻銀行輸入密碼，切斷帳戶。然後就會放手任這種煙吞噬意識，把她活不下去的人生交予我接手。

花了這麼多時間心思，在三個人身上兜兜轉轉。我在現實世界夢寐以求的一個全新帳戶終於到手。

終於可以在這邊的世界，重新再來。

時刻銀行和人間煙館靠得近。一個高端、一個低俗，但兩者中間彷彿有著無形的連結，相映成趣。似是說再高端的人，都有放下身段的時候。偶爾沉淪放縱，也是生理需求。

走到街上，她在大白天下跌跌撞撞，步履不穩。途人見狀都避之則吉。娜拉說她不敢在白天上街，總會想起白天的時候他都去哪了。

　　我想要繼續勸說她，辦個手續很簡單，一切都會結束。轉個街角一百多米的路程，她走步路都搖晃跌撞。距離銀行只差數步，我開始不耐煩。

　　突然，有人前來親切地攙扶。她猛然醒過來，喃喃自語嗅到他的氣味。

　　是他回來了？

　　「小姐、你臉上、白色、很差，」說話的女聲腔調不準、意思偏差，仍然努力溝通：「要不要、陪你去醫院、看、檢查？」

　　娜拉睜大眼，瞳孔放得老大，顫慄的雙唇在問：「是……是她嗎？」

　　冰藍色的眼睛，得天獨厚的高挺鼻子。只是一頭綿延的金髮剪短至及肩，看起來剛強多了。

　　「我們、遇過面？」混血兒一臉稚氣，攙扶著娜拉的左手中指上戴有指環。銀白色的，一顆小鑽石低調地嵌在中間。

　　他送她的紅寶石指環一直都在。那是某年生日，她走過飾品店嚷著要他買給自己，說今年紅寶石旺她桃花。

同樣是指環，但寶石和鑽石，蘊涵的意義差別絕對遠超於價錢牌。

想到這裏她就不是味兒，誰叫女人的天性都愛比較。明知比輸了不開心，還是要比。娜拉挪開被她扶著的手，頭暈眼眩仍然靠自己站起來。混血兒見她好起來，綻開放下心頭大石的笑容。最可恨的是，連娜拉也知道這個笑容是真的。

直至她轉身說話，娜拉才發覺有兩個孩子一直跟在她身後，乖巧的等著。混血兒用英語和他們說：「老師很快回來。」

混血兒牽著學生，輕聲說做完課外活動就要趕快回去了。娜拉卻有話噎在喉頭，不吐不快。

她的身影快要淹沒於街頭盡頭，娜拉還是捺不住，含蓄、蠢蠢欲試的高聲喊：

「珍妮？」

她帶著驚喜回頭，娜拉卻臉色驟變。

名叫珍妮的混血兒笑問：「你懂得、我的名字？」

娜拉雙拳緊握，欲言又止。最後選擇不作解釋，放鬆雙手，

在空中擺舞和她道別。

珍妮沒疑心，一蹦一跳地牽著兩個孩子遠去。娜拉佇在原地像中彈的士兵一樣，渾身是傷，一額冷汗都不肯倒下。

她的笑容意義不明，荒謬夾雜可笑，摻和一點難堪：「珍妮，是他助養孩子的名字。」

■

煙館和時刻銀行，兩者之間都不過一百米的路程。偏偏事實又卸下一層洋蔥皮，越近芯部就越刺鼻嗆喉，叫切開的人好難受。

我用煙館拿來的原子筆在她手臂上書寫：「關掉系統。其餘就交給我。」

不是狠心，我當然明白她在承受著甚麼。可是他人的痛苦，於我而言真的沒有關係。沒刺在我身上，不會覺得痛的。

娜拉聽懂了我的話，含糊和應著：「我的痛苦，和你沒有關係。」

她說得對。這麼難過的人生連你也想放棄了，正好給我重新開始。人棄我取，算不上偷竊。

街角的盡頭明明沒有人，她的目光卻一直放不開：「和你沒關係，是因為即使失去也是我的失去，痛苦也是屬於我一個人的痛苦。」

　　我不明白她在説甚麼。珍妮的出現不是應該讓她更不想活下去嗎？

　　「和幸福一樣，轉嫁他人就沒意思了。」因為，這些人生和你一點關係都沒有。説罷她幽幽地看著紅寶石戒指，笑説它真的好土氣。

　　我搞不清楚她這是甚麼意思。不對勁，我趕緊奪過控制的繩子，想讓她趕快移動到時刻銀行辦妥手續，少得在這裏傷春悲秋。

　　而我竟然搶不過她。當機立斷，不硬碰就換個方式。我著她重新取出那枚銅錢，一個軟弱得半生都在倚靠信仰占卜的人，才沒那麼強的意志。

「由老天抉擇，這副人生給你還是給我。」

　　她手執銅錢，握得異常用力。

　　然後，把它遠遠拋去：「我們的人生，都不要讓一枚銅板説了算。」

　　不可能。和你們的拔河，我從來沒輸過。我是不可能輸的。這不是出於我的自負，而是因為作惡下的決心，總會強大過靠苦捱下來的堅持。

「但你也低估了，女人不能輸給情敵的好勝心。」

　　她和珍妮都背負著同樣的失去，但珍妮可以笑著離開，她偏偏愁眉苦臉的停滯不前。要是他能在天上看到，肯定也會更喜歡那個笑著的女孩。

　　我想起威廉也說過類似的話。熬過熬不過，就看夠不夠喜歡。

　　喜歡一個人，可以喜歡到一併喜歡有過他的世界。

　　娜拉終於放開定在街角盡頭的目光，邁步進入時刻銀行。頓時，我的眼前一片空白。世間好像回復初始的混沌，無天無地，無色無味。

　　嚓──

　　這應該是最後一張寶麗萊。

1

回到以前一樣，這次又是不知目的地的跳轉。我不想回到本體。不想回到沖印店。不想回到每天纏在人間煙館過活的日子。

按下快門，等待顯影的過程再漫長亦已成定局。拍出來是好是壞，均會成為相紙唯一的風景。

不像娜拉那個無關我痛癢的人生，本體這個生命背負的過去和我很有關係。半生倚仗星象宗教的她最後還是比我勇敢，我不可能背著十五年的容量走下去。

不可以回去的。然而嘴裏說著再多的不可以，腳步卻誠實地走上煙霧瀰漫的階梯。說到底，從來沒人是甘願走上這個地方的。不求療癒，我們只求一個容納失去的空間。

煙館門沒關上，我直接走進濃濃煙團之中，越來越難呼吸。我現在到底在誰的軀體內？還是只是一個隨空氣流走而跟著移動的靈魂？我伸手想撥開煙霧，卻連五指都找不著。隨便吧，是誰也好。

像失去生命的安迪、失去優勢的娜拉，還有失去兒子的威廉。面對失去，人之常情都會嘗試留住。時刻銀行正是在這種心態下應運而生的產物。

渴望留住失去，就是在抗衡時間。

只要時間一天往前走，人就會繼續失去。而人只要失去過，就會軟弱。利用他們的恐懼，奪走希望就不難。

所以是誰也好，到最後我還是會一樣的偷。而我和他們最不同的，就是我在明白時間不可抗逆的穩定性。他們會嘗試追回所失去的；而我學會偷走別人的，來填充失去。

亞香呢？來，快點給我煙。

但亞香不在附近。今天沒客滿，一直有人的寥寥數個廂間繼續有人。

等等。一直「預留」給我的廂間怎麼關上簾了？

我悄悄走近，炊煙纏著簾間的輕紗，繚繞不斷。亞香從廂間探頭而出，匆匆取過加熱的炭又竄回去。她沒看到我，但我隱約看到裏頭有人。

亞香向那人投以久違的眼光，問他為啥這麼久不來。我肯定裏頭有人。只是亞香明明答應過這個廂間會一直預留給我。除了我以外，絕對不會給其他人。

我正要走上前和她理論，現在廂間明明就有人。亞香，你——

見鬼。

裏面的確有人，那人是我。

嚓——

白霧徐徐退去。我以為那是跳轉時寶麗萊一貫的白光，後來看它被空氣一點一滴蠶蝕，化成幼細的煙絲，才認出是煙館的雲霧。

四周吵雜難耐，我身邊的不是亞香，也不是躺在煙館神智不清的人。

「慶祝第五分店開幕」。

父親自豪地站在人群當中，揮手喚我接過新店的鑰匙。我想伸手，卻發現自己被一個透明的方框困住，活動空間狹窄得動彈不能，氣溫冷得叫人受不了。是我皮膚貼住冰冷的熒幕，眼前除了父親，還有重重煙霧若隱若現。十五年的容量，似是長久不會消散。

在那些事情發生後，這個城市再一次迎來了巨變。

時刻銀行在重大更新系統時再次出錯，約百分之五用家回報發生「奪舍」、「視角錯配」和「靈魂交錯」等等不尋常狀況。官方宣布，只要當事人親臨分行，即可獲得賠償金。

因試行預視模式而造成的「時光短路」臭蟲影響多達過百位用家。相關的道德輿論亦有爭議，指若然預視顯示用家自殺，開發商就間接成了殺人兇手。有見及此，官方已立即回應並且承諾將預視模式無限期擱置。

只是那次之後，更多人回頭考慮沖印館。雖然生意好轉，但我們仍然沒選擇搬回影樓。仔細想想，還是做沖印就好。

時刻銀行讓人保存時刻，它能將過去的事物分毫不差地重現；但照片不同，會過曝、會朦朧。既能紀實，又在提醒你它並不真實，若即若離、似是而非的距離感。

「時刻」應該是一閃即逝的。

所以我們也不做攝影服務。曾經聽說過，照相其實沒有所謂神乎其技的技術，只是能在瞬息萬變的一幕中，擷取一閃即逝的「時刻」。

而那個時刻到底是哪一個，就只有本人感覺到。

我們不鼓勵來店的客人用時刻銀行。當然如果他們堅持，沖印店亦有責任提醒他們兩者的分別：

照片記住的是失去，不是擁有。

千萬不要以為照片可以為人留住甚麼。時間只會一直頑固地往前走，不能逆轉，也容不下抗衡。即使是科技，即使是創造科技的人。

時間使我們沒能留住甚麼，但它至少讓我們記住失去了甚麼。

呃。其實這些都是我從經營沖印店的爺爺口中聽來的。不過都是很多年前的事了，來到我都已經是沖印店的第四代。但奇怪的是，雖然爺爺自稱第二代，但又說第一代的創辦人與他無關，兩人甚至沒碰過面。

爺爺只說那人帶走了影樓，但很感激他留下了沖印店。

我們這代人都習慣在錄影中認識自己的上一代。他們都說，看前人留下的時刻比較真實。但爺爺不同，他會著阿嬤泡一壺西洋菜蜜，說趁他還在，要親口將經歷留給下一代。

「以現時的科技，我們還不足以戰勝時間，還需要面對失去。」

　　生命種種，皆有時限。一旦接受這點，就能在痛苦之中繼續尋找。一生人就是這樣一邊失去，一邊尋找。天秤的兩端不均，時有搖晃，但從不殞落。到了歸零的時候，就是完結的時候。

「時間有自己的一套法則，沒人知道哪裏是臨界點。但再精密、再複雜的結構亦有既定上限，我們作為時間的使用者吧，可以探索、可以研究、可以尋找真相……

但絕對不能僭越。」

　　爺爺說的時候，眼神語氣都帶著敬畏。我想，時間也的確是多於數字的一個存在。當然我也問過他，你哪來這麼多故事說？面對這個問題，他總愛故作神秘，勾勾指頭著我靠近，要說悄悄話：「因為我活過兩遍啊。」

　　爺爺整輩子最威風不過是替阿嬤拍了一輯照片，贏了個比賽而已。

　　他說自己在十多歲的時候就應該死了。我不相信，質問他那死亡是甚麼感覺，你能說嗎？怎料他回答得淡然，沒有牛頭馬面，也沒有天堂和地獄。死去就是躺下來，甚麼也不能做。你可以選擇回想人生最深刻的時刻，但要是人生沒有特別感觸的時候，那死後

的世界就只剩下一片漆黑。

雖然說時間一直往前走，但他又說：「唯獨有種事，不受時間束縛。」說到一半又停下，這是故意著我發問。

他沒說話，僅僅指著自己的太陽穴。噴，那裏明明就甚麼都沒有。

他拿起紙筆，隨意畫出一條很長的橫線，標示「過去」、「現在」和「未來」三點。很眼熟，我早就在文法課上學過。

「如果你在這刻就死去的話，那麼……」他往「現在」的點畫上一個「X」，接著說：「這裏之後的事都不會發生，對吧。」說罷又狠狠刪去標示著「未來」的橫線部分。

「死後的時間都是靜止的。唯有那個空間，和在那裏回放的事不受時間所限。」他朝我莞爾一笑：「懂了吧？」

任他說得多像樣，我還是不相信：「那後來你又是怎樣活過來的？」說到一半，阿嬤又端來了兩杯西洋菜蜜。我嘟囔說不喝，她拿我沒轍，只好陪爺爺坐下來。他的故事，只有阿嬤百聽不厭。

「能活第二遍，只能說是撿回來的。」背後好像還有很長的故事，但爺爺和阿嬤似是有著共識，都不怎樣提及。

在爺爺第一次死去的不久後，時刻銀行進行了一次重大的更新——就是我剛剛說的，不少用家都發生異常的那次系統更新。事發初期，時刻銀行還推搪這次更新不過是「修復漏洞」，後來接到的投訴太多，負責人才承認責任，並將「預視程式」的事公佈並同時宣佈擱置。

爺爺說的時候，總會牽著阿嬤，輕輕撫摸她一直戴著的舊腕錶，唸唸有詞的說甚麼都是多虧它。

可疑的事絕不僅於此。有次翻舊相簿，我發現爺爺年輕時根本不是這個模樣。我拿著照片問阿嬤，她一點不驚訝，還裝作冷靜：「是啊，爺爺活第二遍時，不只樣貌有變，還老了整整二十年呢。」

爺爺阿嬤的舊事我一向當作故事聽，只是不禁心生疑問，這也太不划算了吧。但阿嬤好像可以看透我的想法，接著就說：「都只是一個數字，又有甚麼大不了。」

如果我再追問，他們就會說是甚麼上天可憐他，所以才不用他守護銀河艦隊，先回地球再活一遍。而每次說到這裏，爺爺就會從櫥櫃取出陳舊的太空戰士掛飾讓我玩。阿嬤打理得好，常常幫它換電池，一拍它就會發出吱吱喳喳的音效。明明跑調又刺耳，爺爺阿嬤總玩得不亦樂乎。

所以根據在文法課上學的，如果爺爺該早就死了，那麼靠運

撿回來的這一生其實都在時間正軌以外，是不該發生的。電流超出負荷，引發短路，時間線變得一團糟。

　　我找出爺爺畫的時間線上的「X」，從那一點再畫出另一條不斷延展的直線。然而這條路一點也不短，岔開的直線上從爺爺和阿嬤結婚，一直延展到生下老爸，直至我找到自己。

-1

人間一隅

關於我在大城旅行的一晚，有些事必須記下來。

今天是第一晚。本來說想要跟著推薦去家樓上酒吧，但繁榮的大道燈紅酒綠，陰森的小徑曲折漆黑，不好辨認，迷路迷了一整晚還是走錯。路繞得太遠，我來到一所舊公寓的頂層。誤打誤撞的說法太不浪漫，我會說是有緣來到。

「一位？」只有女聲，繚繞的煙遮蔽了臉龐。

我大動作的擺手，想要撥開眼前的霧氣：「這裏有酒嗎？」

「不賣酒。」女子回答簡潔：「只賣煙。酒水和記憶，貴客自攜。」

就這樣，我因為耐人尋味的說話和迎門的女子而留下來。

「第一次來，我知道了。」女子叼著煙槍，把我全身迅速打量：「是用家嗎？」

我必須承認當她在說「用家」的時候，我聯想到一些不怎麼好的地方。都怪太多關於大城樓上店的傳說。我回過神來，收起一直拿在手中的筆記本。雖不知她口中的「用家」為何物，我只是迅速搖頭。

我的否定沒有換來回應。她的煙槍是玫瑰色，槍身裹上花和

龍刺繡，難分中式日式。白皮膚黑頭髮，飽滿的臉頰上有痣，她像一個從黑白照中跑出來的人。

　　一般大城女子都瘦削，她們不可能是憂衣食的人。追求身形的佻瘦，是在豐衣足食後衍生的慾念，都是奢侈的。

　　眼前女子卻不一樣，穿得單薄的她更顯圓潤，似乎沒有刻意藏起臃腫的身體，也不介意別人打量。像歷史書上看過，那些思想開放、大熱天喜歡坦胸露臂的美國人。

　　她聽罷稍作一頓，似乎很少招呼不是用家的人：「那麼，還是這邊請。」說罷輕吹出一口煙，味道像薑桂，香濃而刺鼻。

　　我緊隨女子身後，我被領到一個以布簾區分開來的廂間。裏面是一張獨立的酒吧檯，沒有酒保也沒有菜單，只有一張高腳椅和大熒幕。

「你不是說這裏不賣酒？」女子殷勤地為我掀開布簾，我心感懷疑便卻步不前。

　　女子反問我時，也不瞥裏面一眼：「你看到酒吧？」

　　她的說話讓我更覺可疑，這裏的格局明明就是一家酒吧。多想一層，光是會用圍簾隔離客人的做法本來就有夠奇怪。大城就是

這樣一個讓人處處感到怪異的地方，所以只容得下一小撮當地人生活嗎？

更嚇人的是，女子似是可以看穿我的想法，逕自給出答案：「在這裏，每個人會看到自己心目中的裝潢。」

「為甚麼？」我想問的其實是這個地方為甚麼可以辦到這種效果，但她似乎誤會我在問的是她為甚麼要這樣做。她獨個兒侃侃而談，也不理會我是否在聽。

「反正這裏的人，就是只看自己喜歡看的事，聽自己想聽的話，」她凝視檯面良久，吹掉一顆灰塵：「開店當然要投其所好。」如果她說的話屬實，這裏根本只是我想像中的酒吧，那麼灰塵在她眼中是落在甚麼之上呢？我不清楚，但大概不是一般庸俗的東西。

我沒有問，指出回答透露的另一個重點：「你不是大城的人？」

「唔唔，不是啊。」女子的直率教我意外：「我是山城人。」她補充，你知道是山城在哪裏嗎，就在很遠的邊境，你得先越過坐船哪個哪個海——她說得滔滔不絕，思鄉的人想透過說話回去。

我說自己沒到過山城，但我會去一遍的。她應該覺得這是客套話，不太相信，滑過一剎落寞：「真的，你應該要去。」

　　我坐上高腳椅，放下沉甸甸的背包和戒心。她瞥了一眼，沒過問甚麼就為我端來了另一枝煙槍，顯然客用的就沒那麼精緻。

　　「為甚麼要來大城？」我就想她可能會問我這道問題，我先開口問她。

　　「聽說，這裏的人需要。」女子回答得零零碎碎又斷斷續續，害我都不知如何問起。但我想，「這裏的人」應該是指旁邊的顧客，「需要」的則是指這個煙槍。

　　在我兩旁的廂間都有人。在我眼中，他們都安坐在各自的高腳椅，都不怕會翻倒的微微向後仰，專心一致的盯著熒幕。我不禁猜忖，在他們的世界，那個空間又會是怎樣。

　　「他們看的是電影嗎？」我嘗試窺看別人的熒幕，只是角度湊巧不利。女子先是搖頭，頃刻又點頭：「算是吧。」自己的電影嘛。說罷暗自竊笑，我不明所以。

　　接著，女子叼著自己的煙槍，倚在吧檯邊和我說起大城的事，主要都是關於時刻銀行和用家們。大城人都為它瘋狂，不惜傾家蕩產都要留住過去。

　　留到死去一刻還不夠，還要留到下一代，下下一代，他們想子子孫孫、世世代代都能在熒幕經歷一遍他們經歷過的事。

當然還有更多的用家，還在生時已經急不及待重溫過去的自己。女子正要看中這個趨勢，在分行旁邊設立煙館，撈了好大一筆。

「大城人記憶不是很好嗎？」光是地球就有過百樣物種，大城人是一種，山城人又是另一種。聽說以前地球的人類只會以族裔和出生地作出區分，而事實上因為氣候、磁場、引力，還據說有磁通量的影響，人類的能力和生活習慣都會有差異，所以近年我們都以物種來作更貼切的區分。

大城人的特點是通常居於已發展國家，教育和思考水平較好，記憶力更是特別強。

比如說，大城人人均壽命有九十歲。他們通常都不能記起三歲前所發生的事，可是在其餘的八十七年裏，大城人都能記得當中約七成的經歷。

「那……足足能記住六十年的事哩。」我屈指一算，不禁吃了一驚。

女子點頭。說書人熟知故事，一點不意外：「是呢。」

但我還是不明白，他們的記憶力是已知物種的榜首，到底還想奢求甚麼。

她點頭，思考不思考也繼續抽煙。反正說話的時候總像嘴裏

含了一顆乾冰，煙霧瀰漫，偏偏氣味又是暖洋洋的薑。

　　她指著上空，我恨自己的潛意識讓視線跟著她的手指走向天花板。我頓時覺得自己好笨。

　　還好她沒注意到，繼續答案：「他們信有天上的人。」

　　她在指的是連我們都不清楚有沒有的神。但既然最具智慧的大城人說有，那我想大概都有吧。

　　大城人的記憶率達七成，像女子的山城人有四成多，有的物種就更少。

「大城人相信天上的人無所不知、無所不能。」女子說，大城人好勝，甚麼都要贏。光在記憶層面，一直在追求零流失，所以有時刻銀行的出現。

「我們不再需要經歷失去。」所以有著這樣的夢想。

　　活在山城的女子說，大城人不想失去。

「想盡辦法記下一切，偏偏忘記了有些事情，是需要被放下的。」

　　說罷，她放下一直執住的煙槍，讓自己重重歎息。

旁邊的人一聲呼喊，女子又迎上去照顧。不停在簾間竄來竄去，回來時帶上了兩隻杯。杯內的液體呈淡黃色，清澈沒汽泡，冰箱溫度。才放下不久，杯子都冒起汗來。

話多的女子大呷一口，紓解乾涸的咽喉，再把其中一隻杯輕輕推向我：「請你的。」

「你不是説這裏不賣酒？」對白似曾相識，剛才暢談的氛圍一掃而空。女子的行為再一次讓我起疑：「又説這些酒吧的桌呀椅呀，都是我想出來的？」

她翻翻白眼，按捺不住語氣的暴躁：「這是甜——蔗——水——」女子一字一頓，還説可以生津涼血，對身體有益。不知為何由她口中、在這個地方説出這話，違和感比起煙更濃烈。

我吐吐舌頭，自覺不是，雙手捧杯咕嚕咕嚕，把它當成酒一下子吞掉大半杯。在我家鄉，這是賠罪的禮節。

女子擺擺手，示意自己沒在意。甫放下杯子又端起煙槍。才吹了半個煙圈，又拾起了剛才話題掉下的尾巴。

對，大城人。他們想當最高文明，硬用科技希望趕及天上的

人。他們深信知識和智慧所給予的最強武器就是科技，於是不斷刻苦鑽研。不曉得從何時起，他們覺得未來就必定由科技主導。對此，每個人都深信不疑，是每一個。

　　女子不停自言自語，說她不解，真的不解。如此得天獨厚的物種，竟然想會希望把將來交付機器。寧願賦予機器思想，也不願意為未來親自設想。

　　每個物種都有自己的強項，亦有自己的極限。

　　但大城人只記住自身強大，從不覺得有極限。如果有限，都能利用優勢解決掉。他們從不考慮身心是否負荷得來，只想透過挑戰一切極限來獲取生而為人的優越感。舉例說延長壽命。生命本有限，眾人皆知，大城人偏想要挑戰時間為每個人設下的限期。為此人類已經糾結上千年。

　　即使壽命可以延長十來二十年，身體機能亦只會逐步衰退枯竭。就如一部機器，只預算運作八十年的零件硬要把它用夠一百年，後果可想而知。

　　套用到時刻銀行，超出負荷的記憶亦如是。人腦的記憶有限，要記住，同時要忘記。透過科技試圖增加記憶容量會對人體構成危險，而受損程度則因人而異。

過往時刻銀行出過幾樁大事故，都是草草給受害者掩口費了事。其實這些公關手段也可以乾脆省掉，反正會光顧的人都已經不能自拔，出甚麼意外都只好繼續。

　　她回頭一看店內客人，他們都只能繼續。

　　女子勾勾指頭，領我走到其他簾間。她蹲下，掀起一個類似總電機掣的小鐵盒，內裏的乾坤卻是十多個小電子熒幕，顯示不同數值。

　　她說，這裏可以看到用家觀看時刻時，下載了多少容量。數字越大，代表他們讓接駁雲端的腦部儲存了越多時刻。

　　我沒有概念，她隨手指住一個數值，說比如這個人，就是足足儲了五十年。她說山城醫療設備不先進，病死的、夭折的都很常見。五十年，是很多山城人的一生了。

　　「現在是五十年，但只要繼續上傳，容量便會隨之增加吧？」我始終不敢相信，大城人居然和我們如此迥然不同：「好厲害。」

　　她搖頭，不知蘊涵甚麼意思，只說：「不是每個人都能承受記憶的重量。」

　　她沒說下去的是，即使是大城人也同樣。

面對如此新奇又不可思議的事物，吃驚好像顯得我太像個鄉巴佬，不說甚麼的話又好像太沒禮貌。就這樣，我們回到了原來的廂間。

「說到底都是大城人自大，想贏過更強大的人。」我隨口評論，沒意貶損其他物種。自大與否，都僅僅是一個特質。

　　女子看似不怎麼同意，說：「大城人的一生都在比賽。」看，那兩個人，都是被以前贏過的比賽冠軍光環緊緊籤住，再也出不來。

　　我跟隨她的目光，在我眼中，那兩人只是酒吧裏尋常不過的酒客。女子說他們站過頒獎台的最高點，就不肯踏下來。輸掉的人繼續向前，他們卻在這裏看了半生。追又追不上，贏又贏不了。倒不如合上眼睛，這裏永遠是最輝煌的年代，這裏可以當一輩子的冠軍。

　　她說，山城人從不比賽。因為一場十個人的比賽，就是個要將一個人的開心建在九個人的痛苦上。山城人居於深山，為免遭野獸襲擊而習慣守望相助，也因為這樣，天生鼻子特別靈敏。她將煙槍湊近鼻尖，光嗅便能確保煙草燒得溫度適中。

「就算不談合理、不談公平，比賽也不合乎大城人最愛說的成本效益吧。」贏和輸的人，都不快樂。

　　女子對大城人固然熟悉，而我對大城人的印象，就僅停留於一個具備知識和智慧的物種。我對他們還是有一種遠距離的敬畏，不是女子說的那般可憐。

「但我想他們優秀，就是因為有這些假想敵迫使自己不斷進步吧。」

　　女子輕吐煙絲，顯得這句有點輕蔑：「我沒覺得他們優秀。」

「哦？我還以為你喜歡大城，」這話倒是教我意外：「也喜歡大城人，所以才過來這邊開店。」

「我是覺得他們可憐才來的。你沒聽到我說嗎？」女子難得放下煙槍，壓在桌上鏗的一聲：「因為他們需要，我才來這邊的。」

　　山城沒啥多，最多就是植物草藥。她說山城人生活簡單，大多以農活為生。這個民族不需要記憶力，過了幾代就自然流失，只保留需要用上的。就像人類也說自己以前與生俱來就有一雙翅膀，可以任意飛翔。可是太久沒有用上就退化，只剩下兩片肩胛骨。

　　山城人和大城人不同。大城人從事的工作複雜得多，人際關

係更是繁瑣，自然需要更強的記憶力。物種的不同特質，正是從這樣不同的生活塑造、刻劃、轉化出來。

女子說起山城就興致勃勃，說像她家裏就是種藥材的。簡單美好。

我想起了薑桂味。她又為煙槍換上新的煙草。約略將長得像禾桿的乾草扯開，再用指頭的柔力捏碎，掉落的煙草屑像雪花，但山城大約不會有冬季。不知為何這一連串動作顯得她好優雅，連點火都是擦火柴，更添風味。

唔，簡單美好。

「既然如此，那你大可以留下。」為何要離開喜歡的山城，老遠跑來幫助素未謀面、傲慢自滿的大城人。

女子叼住煙槍，第一口要吸得最深：「誰叫山城人就是人好啊。」

從書本裏認識大城人後，她帶上在家裏研發的草藥隻身來到大城，開辦煙館。

「而且我也想知道，家裏研發的草藥是不是除了山城人就誰都幫不了。」第一眼接觸女子，談吐加上身份沒讓我懷疑過她不是本地人。

然而就算外表像樹葉一樣會凋落重生，物種的特質也像樹根一樣頑固不移。看來大城的骯髒還未染指深山培植出來的善良。

女子呼出的這一口不再是薑桂，她換上新的這一種嗆鼻得多：「親身來到，就更加確信這個決定是對的。」大城不像是人活的地方。

她踱步到店舖中央，徒手擦拭高掛的牌匾。

所以，她把人間帶來了大城。

來到這刻，我方敢提起她從開始就放在我跟前的煙槍。和她專用的相比要殘舊得多，只用破爛的皮革包裹槍身，拿上手來還有點霉。吸上一口，味道比我想像中要苦很多很多。我忍不住一下子吐出一團烏雲，沒能做到女子漂亮呼出的冉冉煙絲。

「山城人都這樣快樂嗎？」我問她：「我看你談起山城都在笑。」

女子被我的問題嚇倒，隨即點頭。她說過每人看到的煙館面貌都不同。

我想在她看來，煙館就是山城；來煙館的客人，都是她喜歡

的山城人。

　　很久以前人類僅以國籍區分，甚少像這樣具有歸屬感。同物種的族群不單語言相通，而且性情相近，能力相若，自然是較容易相處。

「我們最多只會記得昨天施過肥了，今天不用；上星期一株山葵好像賣了五塊錢，這次也就五塊吧。反正賣的買的都是鄰里，我們從不討厭誰，也不會欺詐誰——即使有過磨擦，過幾天就會自然忘掉。這是物種的本能。」

　　雖然沒去過，但我好像能夠想像到遙遠的山城，她眼中的這裏。一個只有人和綠的國度，再沒其他。

「不能回頭望，就只有往前走。」她坦言，我們不聰明，恰好夠快樂糊塗地活著。自己也是來到了大城，受這邊生活影響才會屢屢想起山城的以前。

　　我打趣說，算是職業病囉。

　　她沒被我的笑話逗笑，目光凝在簾後的客人。簾與簾之間爐煙裊裊，只有我沒看清。

「大城人聰明，他們為自己創造了很多的選擇。但來煙館的

人都選了一直回頭。」就算他們不走，時間只會向前。終有一天，時間會帶他們走。

女子先吹出一個濃濃煙圈，再吐出一條直線穿散它。

時間就是如此頑固的東西，她再次指向上方：「如果真的有個比大城人更強的存在，我想只會是它。」

煙館沒窗，難怪感覺翳焗，甚至難以呼吸。但他們的活著和我不同，自然不好評論。這裏也沒鐘，我感覺是過了一夜。但我能理解煙館其實不需時間、不用分晝夜，因為來的人都在熒幕的世界活。

我想是我不抽煙，又沒時刻可播，女子才過來陪我聊天。本來想自己探索大城，最後竟然是從山城人口中聽到這些事，算是意外的收穫囉。

「他們除了只聽喜歡聽、只看喜歡看，也只說喜歡說的。」她收起我沒吸幾口的煙槍，隨意抹拭不知何時掉下的灰燼。民族就是這樣，沒有慷慨或自私，誠實或奸詐，只有不同物種之分。

擁有很多，同時失去很多。女子的潛台詞是讓我別羨慕吧。

「那你呢？」女子輕敲腦門，埋怨自己怎會把我送出門前才記起：「忘了問你是哪裏人。」

我不帶惡意的訕笑，說來自山城的她還是沒學來大城人的敏銳。千鱗鄉人就是甚麼也不怕說。哎，也算有淵源囉。你們種煙草，我們釀酒。不僅「一滴入魂」，還要「一滴出神」。要是釀的酒烈得呷一口就不省人事，就算最好。

千鱗鄉人口少，女子難得一見便讚歎名字好聽，又問是甚麼由來。

我不好意思地說，「千鱗」指的是金魚，相傳只有七秒記憶的動物。我們千鱗鄉人的記憶量只有七十分鐘，是眾多物種之中善忘的一個族群。連祖先都忘了我們是因為老是喝醉才退化成這般善忘，還是因為想讓別人都一樣善忘才專注釀酒。

忘了昨天，明天太遠。我們的世界只有現在。

快不快樂，都是幾十分鐘的事。

女子送我出門的時候還叼上煙槍，將不明的草藥呼完又吸。

我想起自己沒頭沒腦的摸上門，來到煙館又不吸煙，對她有點抱歉：「今天浪費了你的煙。」

她再次以擺手示意不要緊。大城人人有病，時刻都要服藥。但你們不一樣。

「一般來煙館的人，都在尋找一個喘息的地方。你可是一直都在呼吸的人。」她說，這是她頭一次在煙館見到會笑的人。會站著聊天，活生生的一個人。

藥就留給不服會活不下去的人。

離開公寓，身上殘留的煙草味迅速消散。我拍拍自己的衣袋和褲袋，最後在大衣的胸口內袋找到筆記本。

關於我在大城旅行的一晚，有些事必須記下來。

第一欄：日期時間，這我就留白了，大城買的筆記本真不管用。千鱗鄉人從來不看時間，筆記本是用來記下遊歷旅程和考察得來的酒款。

第二欄：地點，大城的……哪裏？

我聳聳肩，伸了個懶腰，忘了為啥腰骨會這麼酸痛。這次重新拿好筆記，準備好在繁囂的街頭再迷一次路。

不打緊，反正這晚只是我來大城旅行的第一晚。

《時光短路》
菲林耗盡，請前往沖印

後記

　　來到第四本，我寫的故事一如常態的沒有好結局。最喜歡「冚故劇」的我，筆下主角通常都是大好人而獲得壞收場才叫人悲憤，紛紛為他們抱不平。這次最大的嘗試，就是故事主角本來就是個惡人。

　　主角是個因家道中落而一蹶不振的不孝子，先是想著偷客人遺下的手錶，後來更想偷走別人的人生，壞得只差在沒把老婆婆推出馬路。站在寫故事的很多考量之上，寫一個討好的角色無疑會讓故事比較讓人喜愛，但結果故事乍看就給這個連名字都沒有的惡人扛下了。然而，他的本體在很早階段就遺失了，因而轉向三人。說是奪舍也好，入侵意識也好，過程中主角在不停摻和他人的特質：娜拉對虛無的迷信、威廉對家庭的恪守、安迪對生命的熱情。所以，兩個意識共處一軀，所說的不是一方入侵另一方，而是兩者相互混和。像墨和水摻混，自然是無法分開的一體。

　　很常見的邏輯性的問題來了：**忒修斯之船**。一艘航行多年的船逐漸換上不同零件和木板，當船的所有部分都被換過一遍後，那它還是原本那艘船嗎？就如我們都與不同的人相遇相處過，會不經不覺沾染了他們的特質，即使分開後亦擺脫不掉他們的影子。那麼，帶著前人特質的你還是你嗎？我沒有一個答案，亦不覺得每個問題都擁有一個答案。

　　事實上不只主角，故事還有很多惡人，例如：哈蕾學校的後街女生、求愛不遂心理變態的秦先生、以精神不穩勒索丈夫留下的茱莉亞，還有最愛「佢故劃」的作者。他們表面上是十惡不赦，但其實最真實。我們每個人都是善和惡、好和壞、堅強和軟弱的混合物。所以人們如此相像，又如此迴異。

　　「人間煙館」是我頗喜歡的一個設定，原型是座落於秋葉原的一間樓上煙館。在東京留宿的三晚，我們發現秘境時，東主就是從簾中探頭出來，嘴裏含上一口濃煙説：「すみません、已經打烊囉。」這是第一晚，第二晚客滿，第三晚東主不開門。同行友人說當留個遺憾，下次再來。只是我急不及待，在故事中自己構建了一個。

　　這個故事本應更早面世。面對個人和社會突如其來的狀況，往往讓我缺乏寫作的氛圍，拖到死線最後一刻才完成。我完成故事後，編輯和設計師的工作才開始，為此對各位同事們還是很抱歉的（鞠躬）。再次謝謝出版社仝人的信任、照顧和包容。

　　零散的情節在腦海潛藏已久，就差一個具體的意念把它呈現出來。日落黃昏，東京街頭的交通燈閃爍得像急促呼吸，夾在熙來攘往當中，驀然抬頭一看就見到掛牌：「時差式」，三個平平無奇

的字在腦海揮之不去。

　　旅行作結，我帶走了最好的伴手禮。「時光短路」故名思義，
一點都不算長。每次旅行的景色都有時限，不論是富良野的櫻花、
墾丁街頭掠過的流浪貓，還是曾經揚幡搖曳的大英國旗。

　　我不肯定是否接受了一切有期限，就能杜絕可惜的情感。人
可有那麼超然廣闊的胸襟，去容納不再復返的過去嗎？但既然現時
科技未有這個能耐去讓我們拒絕失去，我們就得繼續調整或學習，
在這個流行失去的地方努力適應。

　　但願有天，我們都不再需要經歷失去。

時光短路

當世四大天王：
黎郭劉張（上）

● 《診所低能奇觀》系列

● 《詭異日常事件》系列

圖書館借來的
魔法書

銀行小妹
甩轆日記

● 《倫敦金》系列

HiHi 喇好地地
一個人點知⋯⋯

我的你的紅的

● 《Deep Web File》系列

向西聞記

無眠書

● 《絕》系列

殺戮天國

遺憾修正萬事屋

時光短路

SHORT TOUR

作者	理想很遠
出版總監	余禮禧
責任編輯	陳婉婷
設計助理	劉嘉瑤
封面相片	Sanjatosic
製作	點子出版
出版	點子出版
地址	荃灣海盛路 11 號 One MidTown 13 樓 20 室
查詢	info@idea-publication.com
印刷	海洋印務有限公司
地址	黃竹坑道 40 號貴寶工業大廈 7 樓 A 室
查詢	2819 5112
發行	泛華發行代理有限公司
地址	將軍澳工業邨駿昌街 7 號 2 樓
查詢	gccd@singtaonewscorp.com
出版日期	2019 年 7 月 17 日
國際書碼	978-988-79277-2-3
定價	$88

Printed in Hong Kong

點子出版
IDEA PUBLICATION

時光短路